Klitoral … vaginal … ganz egal!

Über die sogenannten Orgasmusschwierigkeiten und wie Frauen mit ihnen fertig werden.

Ein Buch – nicht nur für Frauen

Hanjo Schmidt

Klitoral... vaginal... ganz egal!

Die sogenannten Orgasmusprobleme, und wie Frauen mit ihnen fertig werden. Ein Buch – nicht nur für Frauen

GATZANIS

Der Autor: *Hanjo Schmidt studierte Kunst, Architektur und Archäologie und liebt es, den Dingen auf den Grund zu gehen. Besonders fasziniert ihn die Geschichte des Verhältnisses zwischen Männern und Frauen. Er findet, daß es eigentlich kaum etwas Interessanteres gibt.*
Von Hanjo Schmidt liegt ein weiteres Buch vor, erschienen in der Gatzanis Verlags-GmbH, über mental bedingte Impotenz bei Männern: „Der Geist ist willig, doch das Fleisch macht schlapp!", das er zusammen mit Kurt W. Leuze schrieb.

Deutsche Erstausgabe

Umschlaggestaltung: AC, Stuttgart
Satz: H. Möhwald, Sindelfingen
Druck: Freiburger Grafische Betriebe, Freiburg im Breisgau

Printed in Germany
ISBN 3-9803897-1-5

Für Karina

Inhalt

Vorwort

Bei den Recherchen zu dem Buch „Der Geist ist willig, doch das Fleisch macht schlapp!", das mental bedingte Potenzstörungen bei Männern behandelt, habe ich natürlich auch mit etlichen Frauen gesprochen, da Potenzstörungen ja hauptsächlich deswegen so fatal sind, weil sie den Mann vor dem anderen Geschlecht blamieren. Es war die Absicht, herauszufinden, wie Frauen tatsächlich damit umgehen. Im Verlauf der Gespräche kamen wir dann jedesmal sehr schnell auf die eigenen „Potenzstörungen" der Frauen zu sprechen, ihre Orgasmusschwierigkeiten, und es stellte sich heraus, daß Frauen so ziemlich unter dem gleichen Streß zu leiden haben wie die Männer. In einer Zeit, in der „gut draufsein" oberstes Gebot ist und sexuelle Attraktivität und Lust auf Lust geradezu erwartet wird, ist Sexualität für beide Geschlechter zu einem psychischen und physischen Streßfaktor sondergleichen geworden. In dieser Atmosphäre von erotischer Partystimmung fällt es vielen allerdings um so schwerer, einzugestehen – sich selber und vor allem anderen –, daß man mit der Lust so seine Last hat.

Dieses Buch, für das die Idee während jener Gespräche geboren wurde, soll nun versuchen, die Probleme zu benennen, die Frauen mit der Sexualität haben und vor allem mit dem Orgasmus. Es soll Ihnen zeigen, daß Sie erstens mit Ihren Problemen nicht allein sind, viele Frauen teilen sie mit Ihnen, und zweitens, daß Sie meistens durchaus nicht „schuld" daran sind, wenn's bei Ihnen nicht so recht klappt. Kurz, es soll Ihnen ihr Selbstvertrauen zurückgeben. Es soll Ihnen helfen, nicht verzagt zu sein, denn Sex ist immer auch schwierig und nie ganz problemlos, zumal mit unserer Kulturtradition. Es soll Ihnen aber auch Mut machen, offen darüber zu reden. Sie können von diesem Erfahrungsaustausch nur profitieren und lernen.

Einige wird es vielleicht wundern, daß ein Mann dieses Buch schreibt. Nach Jahrhunderten, in denen Männer über Frauen und besonders über ihre Sexualität befunden haben, ist hier Mißtrauen mehr als verständlich. Ich würde auch sicherlich nicht auf die Idee kommen, über Frauenprobleme zu schreiben. Das sogenannte Orgasmusproblem der Frauen jedoch, ist meiner Meinung nach kein wirkliches Frauenproblem. In erster Linie ist es ein Paarproblem in einer männlich dominierten Gesellschaft. Ja, man könnte vielleicht sogar etwas überspitzt sagen, es sei ein Männerproblem. Die Art und Weise nämlich, wie leider immer noch der weitaus größte Teil der Männer seine Sexualität versteht und lebt und dabei den Frauen die männliche Sicht und Methode der Sexualität aufdrängt, ist denkbar ungeeignet, um den Frauen sexuelle Befriedigung zu verschaffen.

Natürlich ist über all dies schon viel geschrieben worden, sowohl in Frauenzeitschriften, in Frauenbüchern als auch in Büchern, die sich allgemein mit Sexualität befassen, oder in der psychologischen Fachliteratur. Hier in diesem Buch ist, so hoffe ich, alles Wesentliche zusammengetragen und auf einen Blick verfügbar.

Worum geht es nun, und worum geht es nicht? In diesem Buch geht es nicht um körperliche Fehlfunktionen. Diese sind sehr selten und mehr ein Thema für die medizinische Fachliteratur, beziehungsweise ein Fall für den Arzt. Vielleicht postuliert die Medizin irgendwann einmal, daß es sich auch beim Orgasmusproblem um eine hauptsächlich körperliche Ursache handele, wie sie es seit einiger Zeit für die männliche Impotenz behauptet, doch wir wissen ja, daß die ebenfalls männlich dominierte Medizin gern alle Probleme instrumentalisiert und operativ oder medikamentös zu regeln sucht. Es geht in diesem Buch aber auch nicht darum, wie man mit Sicherheit fünf oder mehr Orgasmen hintereinander zustande bringt. Es geht hier also weder um Medizin noch um Hochleistungssport.

In diesem Buch geht es vor allem um die Nöte von Frauen, die an sich selber zweifeln und sich nicht für vollwertig halten, weil sie Schwierigkeiten mit dem Orgasmus allgemein und mit dem sogenannten vaginalen Orgasmus im besonderen haben. Und das sind leider mehr, als ich anfangs für möglich gehalten habe. Die Orgasmus-Show im Bett ist für die große Mehrzahl der Frauen aller Altersstufen immer noch traurige Realität und oft der letzte Ausweg, wenigstens vor dem Partner das Gesicht zu wahren. Statistiken sprechen von 60 bis 90 % der Frauen. Daß diese Notsimulationen für das eigene Selbstwertgefühl mehr als unbefriedigend sind, liegt auf der Hand.

Allerdings steigt dieses Buch auch nicht unbedingt in die unenträtselbaren Tiefen der menschlichen Seele hinab. Es ist kein Psychobuch. Ich will Ihnen auch nicht aufschwatzen, ein Orgasmus sei das Höchste im Leben, und ohne ihn seien Sie nur ein halber Mensch. Wenn Sie ohne Orgasmus, ja sogar ohne Sex, glücklich und zufrieden sind, dann ist ja alles in Ordnung. Wenn Sie aber darunter leiden, und zwar aus eigenen körperlichen und seelischen Motiven und nicht etwa nur, weil Sie es Ihrer Freundin zeigen wollen, die angeblich immer so tolle Orgasmen hat, dann finden Sie hier, was Sie suchen. Was Sie selbst wollen und brauchen ist wichtig, sonst nichts. Allerdings denke ich, daß Sie, wenn Sie auch nur einmal das Erlebnis eines fulminanten Orgasmus hatten, ihn selbstverständlich nicht mehr missen wollen und sollen.

Erwarten Sie aber keine Tricks oder Patentrezepte. Es gibt sie nämlich nicht. Dies ist kein Ratgeber der weitverbreiteten Sorte „Mehr Spaß im Bett" oder „Das Multi-Orgasmus-Super-Spezial-Programm". Frauen, die unter massiven Selbstzweifeln leiden, brauchen alles andere als Trainingsprogramme für die Beckenmuskulatur oder raffinierte Stellungsanweisungen. Die Probleme mit dem Sex sind selten technische Probleme. Sie finden hauptsächlich im Kopf statt. Insofern befindet sich Ihr wichtigstes Sexualorgan tatsächlich zwischen den Ohren, wie es in Spike Lees Film „She's gotta have it" treffend heißt.

Die in dem Buch „Der Geist ist willig, doch das Fleisch macht schlapp!" entwickelte These, daß Potenzstörungen in allererster Linie von Bildern erzeugt werden, gilt in gewisser Weise auch für Frauen. Dabei meine ich nicht nur Bilder im wörtlichen Sinn, wie zum Beispiel die Bilder der Werbewelt, der Modejournale, des Kinos oder der Pornografie, sondern besonders Bilder im übertragenen Sinne. Bilder also, die wir uns von uns und von anderen machen oder Bilder, die unsere Umgebung sich von uns macht. Bilder von richtig und falsch,

Bilder von weiblich und männlich, von Glücksansprüchen, Leitbildern und gesellschaftlichen Normen. Vor allem aber geht es um das Bild, das wir in unserem Kulturkreis von der Sexualität und besonders vom Ablauf des Geschlechtsverkehrs haben. Dieses Bild, wie „ES" stattzufinden hat, ist meiner Meinung nach der Hauptgrund für die sogenannten weiblichen Orgasmusprobleme. Um es in wenigen Worten zusammenzufassen: Ich glaube nicht daran, daß Frauen wirklich Probleme damit haben, zum Orgasmus zu kommen. Ich glaube nur, um es nochmals zu wiederholen, daß die Art und Weise, wie wir traditionell Sexualität leben und miteinander schlafen, wirklich ungeeignet ist, bei einer Frau einen Orgasmus auszulösen. Nicht die Frauen haben ein Problem, unser Bild von der Sexualität, das in der Regel ein männliches Bild ist, ist ein Problem.

Es ist also hohe Zeit, anzufangen, sich über unsere Fremdbestimmtheit durch kulturelle Vorurteile klarzuwerden und Gegenstrategien zu entwickeln, sonst kommen wir vom Regen in die Traufe. Oder konkret ausgedrückt: aus der moralischen Bevormundung unter das Diktat einer sexualisierten Leistungsgesellschaft.

Nun gibt es auch Ratgeber, die versprechen Ihnen, wie Sie zum Orgasmus kommen können: jederzeit und wann immer Sie wollen. Dabei geht es selbstredend nicht um den Orgasmus, den Sie sich selber machen können, sondern um den, mit dem Sie ihre Schwierigkeiten haben, dem Orgasmus beim Sex mit dem Partner. Ich komme darauf in einem späteren Kapitel noch zurück, keine Angst. Doch da man nicht über den Orgasmus reden kann, ohne über Sex zu reden, und da man nicht über Sex reden kann ohne gleichzeitig über seinen Stellenwert in unserer Gesellschaft und die Art, wie er bei uns praktiziert wird, will ich zuvor noch allerhand gerade dazu sagen. Beginnen will ich damit, welchen Einflüssen – geschichtlich, kulturell und individuell wir dabei ausgesetzt sind. Es reicht nämlich nicht, irgendwelche Übungen zu machen, ohne seine gesamte Einstellung zum Sex und unser Eingebundensein in das gesellschaftliche Umfeld genau zu überdenken.

Was ist das Problem?

Lust ist etwas sehr eigenes. Wenn man sie aber nur für oder durch einen anderen haben soll, entsteht sehr schnell das eine oder andere Problem.

Helga ist mittlerweile Anfang Vierzig und hat trotz aller Anstrengungen noch niemals beim Sex mit einem Partner allein durchs Vögeln einen Orgasmus erlebt. Die attraktive promovierte Archäologin ist dabei alles andere als ein Sexmuffel oder das, was man sich allgemein unter einer frigiden Frau vorstellt, im Gegenteil. Sie interessiert sich sehr für Erotik und Sexualität und redet auch gerne darüber. Auch kennt sie die einschlägigen Hinweise der Psychobücher, wie entspannen etc. Trotzdem klappt's bei ihr nie, ohne daß sie mit der Hand „nachhilft". Dieses Nachhelfen allerdings kommt ihr vor wie Onanie. Dazu braucht sie jedoch keinen Mann, meint sie, denn das klappt alleine besser und außerdem könnte sie sich so das ganze Beziehungsgezerfe ersparen. Sie möchte den Orgasmus jedoch sehr gerne als Folge des Zusammenseins erleben und nicht nur so, als ob sie eigentlich alleine wär. Wozu, so fragt sie sich ständig, all das soziale und emotionale Durcheinander, die ganzen persönlichen Verwicklungen, wenn sie es sich am Ende doch immer selber machen muß.

Dazu kommt, daß sie durch ihre lange Ausbildung, die auch längere Auslandsaufenthalte mit einschloß, bisher noch keine rechte Gelegenheit für eine wirklich intensive und langandauernde Partnerschaft hatte. Ihre diversen Männerbekanntschaften waren alle mehr oder weniger flüchtiger Natur. Einige dieser Männer versuchten sie in gewohnter Weise zu dominieren, was sie nun überhaupt nicht verträgt, oder sie waren, wenn sie denn ihre intellektuellen Fähigkeiten anerkannten, körperlich nicht das, was sie sich vorstellte oder wünschte. So hatte sie im Bett bisher eigentlich nur frustrierende Erlebnisse. Selbst wenn ein Mann bereit war, es ihr mit der Hand zu machen, so traf er nicht die spezielle Art, die sie von sich selbst gewohnt ist. Dann kommt es ihr auch dabei nicht. Oft reiben die Männer verzweifelt an ihrer Klit herum – es muß doch gehen –, und es tut dann nur weh oder ist unangenehm. Jedenfalls führt es zu nichts. Manchmal denkt sie, daß es bei ihr nur deshalb nicht von alleine geht, weil sie die „Handarbeit“ gewohnt ist und sich vielleicht zu sehr auf diese Art fixiert hat. Dann fällt ihr aber wieder ein, daß es früher, in ihrer Jugend, auch nicht funktioniert hat. Mittlerweile ist sie richtig etwas verbittert und fühlt sich von der Natur betrogen. Wenn sie gerade wieder ein frustrierendes Erlebnis hinter sich gebracht hat, kommt ihr auch der Verdacht, daß die Sache mit dem Sex vielleicht doch nur ein Windei sei und daß sie's besser lassen sollte, weil es ihr das, was sie eigentlich will, doch nicht bringt.

Regelrecht als Hohn empfindet sie es, daß ihre Freundin noch nie Probleme mit dem Orgasmus gehabt hat. Der kommt's immer, ohne daß sie auch nur einen Handschlag dazu tut. Zu allem Überfluß ejakuliert sie auch noch fast jedesmal in hohem Bogen. Die Freundin allerdings hat das Problem, daß ihr Mann nicht mit ihr schlafen will, so daß sie von ihrem Glück auch wieder nichts hat. Helga findet das alles sehr absurd und wünscht sich eine Lösung, die wirklich funktioniert.

Unser letztes Treffen, bei dem ich sie zu dem Thema dieses Buches interviewte, war eigentlich recht lustig, denn es fand in einem Restaurant statt und wir mußten gewisse Vorsichtsmaßnahmen treffen, damit die anderen Gäste, die um uns herum saßen nicht aufhorchten. So sprachen wir anscheinend über's Kochen und nannten den Orgasmus „Omelett", den vaginalen Orgasmus „in der Backröhre" und den Handgebrauch „mit dem Handmixer". Das war dann hin und wieder schon sehr komisch und erheiternd. Trotzdem hat mich ihre tiefe Mutlosigkeit und Verzweiflung regelrecht schockiert, und ich war tagelang wie blockiert davon.

Dies also ist das Thema von Orgasmusschwierigkeiten. Natürlich unterscheidet die Sexualwissenschaft zwischen verschiedenen Stufen dieser Erscheinung. Angefangen von totaler Sexunlust bis hin zu gelegentlichen Ausfällen reicht die Skala der Problembeschreibung. Den Extremfall der totalen Sexunlust wollen wir hier ausklammern, denn er ist eine tief in der individuellen Persönlichkeit und ihrer Entwicklungsgeschichte begründete Störung, die einer ebenso individuellen Analyse und Therapie bedarf und daher den Rahmen dieses Buches sprengen würde. Dies ist, wie gesagt, kein Fachbuch im sexualwissenschaftlichen Sinn, sondern ein Buch für die Mehrheit der Frauen, die mit dem Orgasmus Schwierigkeiten haben.

Ganz eindeutig ist jener Fall, bei dem der Mann ein sexueller Holzkopf ist, nämlich, wenn ihm außer der faden

RRR-Methode, also rein-raus-runter, nichts einfällt. Wer einen solch einfältigen Ficker im Bett hat, hat außer seinem Partner wirklich kein Problem. Da hilft nur, ihn entweder nochmals zur Schule zu schicken, in diesem Fall in die nächste Buchhandlung, damit er anhand der einschlägigen Literatur die Grundkenntnisse des Vögelns erlernt, oder aber, sich von ihm zu trennen. Nein, das Problem, das hier behandelt werden, dem hier nachgespürt werden soll, ist komplizierter. Es geht darum, daß die Frauen, und das sind wohl sehr häufig gerade jüngere Frauen, trotz eines liebevollen Partners, der sich wirklich Mühe gibt, es einfach nicht schaffen, sich von vorgegebenen Verhaltensmustern zu lösen und derart loszulassen, daß sie einem Orgasmus eine reelle Chance geben können.

Das Problem läßt sich vielleicht in einem Satz zusammenfassen: die Frau denkt beim Sex an etwas anderes als an ihre Lust, sie ist im Kopf und nicht im Körper. Sie spielt eine Rolle für den Mann, statt sich auf ihre ureigene Lust einzulassen. Wieso?

Zum einen liegt es an dem Bild, das viele Frauen von sich selber haben. Für sie scheint noch immer die Notwendigkeit, einen Mann zu ergattern, einen unangemessen hohen Stellenwert zu besitzen. Von allen Seiten werden sie ja auch mit Tips zu gerade diesem Thema überhäuft: „Wie angle ich mir einen Mann?“ Die Werbung für Kosmetik, Parfüms oder Dessous, verspricht ihnen allenthalben, daß sie mit gerade diesem oder jenem Produkt größere Erfolgschancen in ihrem Bestreben hätten. Sogar schon junge Mädchen in ihrer natürlichen Schönheit schminken sich das Gesicht zu einer Model-Maske zurecht, um ihre Chancen vermeintlich zu erhöhen und folgen damit eher einem Klischee als den tatsächlichen Wünschen der Männer. Denn wer küßt schon gerne dicke Schminkeschichten? Falls sie ihn überhaupt an ihre Maske heranlassen. Steckt hinter dieser Männersuchwut immer noch die uralte Vorstellung, daß eine Frau durch ihren Mann lebe? Daß sie ohne Mann nur ein halber Mensch sei? Vielleicht. Nicht umsonst hat die bekannte Feministin Gloria Steinem in den Sechzigern den überspitzten und provokativen ironischen Satz geprägt: „Eine Frau ohne Mann ist wie ein Fisch ohne Fahrrad."

Für einen jungen Mann ist die Frage nach einer Frau eher zweitrangig. Eine Freundin, okay, aber eine Frau? Erst kommt der Beruf, dann die Hobbys. Frau, das heißt Familie, heißt Bindung. Das hat später noch Zeit. Für junge Frauen scheint das irrationalerweise immer noch anders zu sein. Heirat schwebt immer irgendwo im Kopf herum. Und dann soll es natürlich auch nicht irgendwer sein.

Unter dieser Voraussetzung wird natürlich auch die Sexualität weniger oder gar nicht zu einer Angelegenheit der Befriedigung körperlicher Gelüste, sondern zum gezielt eingesetzten Mittel, den Wunschmann zu betören und an sich zu fesseln. Mit der Folge, daß jedes intime Zusammensein zu einer stressigen Prüfungssituation, einem verbissenen Wettbewerb wird. Dem Auserwählten muß eine überzeugende Show geboten werden, damit er erkennt: halt, hier bin ich richtig, das ist sie, die nehm' ich. Selbstverständlich stehen bei diesen Veranstaltungen dann auch die Wünsche der Männer im Vordergrund, die wirklichen, aber auch die vermeintlichen. Hauptsächlich natürlich die vermeintlichen, denn sie kennt ihn ja noch gar nicht gut genug. Was der Mann als lustvoll erlebt, seine Vorstellung von Sex wird der alleinige Maßstab, dem sie sich unterwirft, damit er ihr nicht gleich wieder davonläuft. Das alte Motto: eine Frau soll vor allem den Mann befriedigen, zeugt sich so ununterbrochen fort. Die Frau definiert sich geradezu über ihre diesbezügliche Fähigkeit und gerät in tiefe Selbstzweifel, wenn es ihr nicht gelingt dem Mann das zu geben, was er offensichtlich von ihr will: ihre Lust, durch seinen Schwanz hervorgerufen und den Beweis für ihre Lust, den Orgasmus. Mehr und mehr wird sie von der Furcht beherrscht, er könnte ihr vorwerfen, sie sei frigide und sich von ihr abwenden.

Selbstverständlich hat diese Konstellation, in der die Frauen dann auch noch ein viel zu großes Gewicht auf ihre äußere Erscheinung legen, auf ihr „Ankommen“ beim männlichen Geschlecht, auch ihre Rückwirkungen auf das Seelenleben, die Empfindungen und Wahrnehmungen der Frauen. Aus lauter Frust beginnen sie ihre Enttäuschungen auf die Männer zu projizieren. Sie reagieren, gerade wenn sie hübsch sind, plötzlich empfindlich auf Komplimente oder Bewunderung ihres Äußeren, sie vermuten darin plötzlich, daß der betreffende Mann eben auch nur an ihrem Äußeren interessiert sei und ihre „inneren Werte“ übersehe. Das geht soweit, daß sie männliche Komplimente nur noch als zielstrebige und vorgetäuschte Sülzerei begreifen. Daß sie jedoch vorher alles unternommen haben, um die Männer gerade auf ihr Äußeres aufmerksam zu machen, ja sie geradezu mit der

Nase drauf zu stoßen, fällt dabei dann oft durch ihr Wahrnehmungsraster.

Als Gelegenheiten, ihr wirkliches sexuelles Empfinden zu spüren, sich ohne Bedingungen in ihre Lust zu verlieren, bleiben den jungen Frauen dann nur noch die flüchtigen Beziehungen oder die sogenannten „One Night Stands". Wenn es nicht drauf ankommt, daß er bleibt, können sie ihren Kopf freimachen und mit ihrem Körper empfinden. Dabei müssen sie aber wieder in Kauf nehmen, daß das erstemal meist von beiderseitigen Hilflosigkeiten dem anderen gegenüber verschattet ist. Und auch, daß man sich einem ziemlich Fremden gegenüber einfach nicht so total fallen lassen kann, wie gegenüber einem vertrauten Partner. Auch das Artikulieren von Wünschen und Bedürfnissen braucht seine Zeit, zumal man sich oft nicht traut, diese Wünsche und Bedürfnisse verbal vorzubringen. Schließlich ist die Nacht im Bett keine Trainingsstunde mit präzisen und nüchternen Anweisungen: mach mal dies, mach mal hier, mach mal so. Ganz abgesehen davon, daß Sex nun mal eine ganz andere Art der Kommunikation ist, als die verbale.

Ein anderes Problem aber, und das scheint genauso gravierend, wenn nicht sogar gravierender, ist die Art, wie viele Männer Sexualität verstehen. In der Regel wird dann gevögelt, wenn IHM danach ist. Der Anblick seines steifen Schwanzes ist seiner Meinung nach ausreichend, um ihr die Nässe ins Höschen zu treiben und sie willenlos auf's Bett sinken zu lassen. Natürlich will sie's heftig, logo, schließlich bewundert sie ja auch seine Muskeln. Sie will genommen werden, er soll's ihr besorgen. Und er besorgt's ihr. In wenigen Minuten absolviert er seine dreißig Liegestütze, spritzt sie voll und rollt sich auf die Seite. Ja, er ist wirklich ein toller Stecher. Wenn er dann diese Nummer noch dreimal hintereinander bringt, ist er der Größte, hat den Längsten usw. Oder aber er ist ein ganz „Aufgeklärter". Die Frau soll auch ihren Spaß haben, klaro. Zu diesem Zweck wird dann mit zusammengebissenen Zähnen ihre Klit poliert, daß es raucht. Und undankbar wie diese Weiber nun mal sind, müht er sich umsonst. Sie ist eben einfach eine frigide Ziege, wenn sie es selbst nach so einem mühevollen und selbstlosen Einsatz nicht bringt.

Die Bedingungen also, unter denen gerade ledige Frauen beim Partner-Sex zum Orgasmus kommen wollen, sind unter diesen Vorzeichen denkbar schlecht. Das sollte man im Auge behalten, wenn man anfängt, sich Gedanken und Sorgen um seine „Funktionsfähigkeit" zu machen. Die immer wieder vorgebrachten Zweifel, ob man eine richtige Frau sei, wenn man es beim Geschlechtsverkehr nicht zum Orgasmus bringt, sind also mehr als unbegründet. Ich möchte sogar so weit gehen, zu sagen, daß Frauen, wenn sie derartige Orgasmusschwierigkeiten haben, ziemlich okay sind. Die Bedingungen, unter denen Sexualität in unserem christlich-patriarchalischen Kulturkreis stattfindet, legen es ja geradezu darauf an, daß Frauen Schwierigkeiten bekommen – und das, wie sie tagtäglich erfahren, nicht nur in der Sexualität.

Die Prägungen, denen unsere Sexualität und der Umgang mit ihr unterworfen sind, beginnen schon sehr früh, und sie begleiten uns auf Schritt und Tritt. Und das von

Generation zu Generation. Wir alle sind kein unbeschriebenes Blatt, sondern schleppen, ob wir es wollen oder nicht, eine jahrtausendealte Tradition mit uns herum.

Früh krümmt sich …

Wie aus einer urwüchsigen Kraft eine kümmerliche „Bonsai-Sexualität" wird – oder noch weniger –, das zeigt dieses Kapitel.

Jeder Mensch wird mit einem intakten sexuellen Grundprogramm geboren. Mit der Fähigkeit, körperliche Zuwendung und Stimulierung wahrzunehmen, Lust und Frust zu empfinden und dem Verlangen, eher das erstere, die Lust, als das Zweite, den Frust zu suchen. Noch ehe sie ein Jahr alt sind, haben Babys bereits ihre Geschlechtsorgane entdeckt und daß es angenehm ist, sich damit zu beschäftigen. Kleine Mädchen spielen mit der gleichen Lust und dem gleichen Vergnügen mit ihrem Schlitz, wie kleine Jungs mit ihrem Zipfel. Früh schon entwickelt sich ein Bewußtsein darüber, daß es mit diesen Körperteilen etwas ganz Besonderes auf sich hat, auch wenn noch kein blasser Schimmer darüber vorhanden ist, was denn dieses Besondere eigentlich sei. Schon in der Kinderkrippe und dem Kindergarten suchen sich beide Geschlechter, um stolz dem jeweils anderen ihre „Sachen" zu zeigen und kichernd damit zu spielen. Ich erinnere mich noch genau, wie wir kurz nach dem Krieg als sechsjährige, Mädchen und Jungen, nach der Schule in Trümmerkeller stiegen, um dort, der Kontrolle der Erwachsenen entzogen, irgend etwas mit unseren Genitalien anzustellen. Wir ahnten, daß Sehen, Zeigen und Anfassen nicht alles war und kamen dann darauf, daß es vielleicht mit dem voreinander

Pinkeln etwas zu tun haben könnte, was wir dann auch ausgiebig und mit vor Erregung roten Gesichtern taten.

Nun gibt es jedoch kein Zusammenleben, nicht im Tierreich und noch viel weniger bei den Menschen, das es nicht notwendig machte, die Entfaltung des Individuums zugunsten der Gemeinschaft zu kanalisieren und zu reglementieren. Jede Gruppe bedarf der Unterordnung des einzelnen unter das Gruppeninteresse, soll nicht ein gegenseitiges Hauen und Stechen das Überleben der Gemeinschaft frühzeitig beenden. Soweit sind Erziehungsmaßnahmen, das Einüben von Verhaltensregeln, sinnvoll und berechtigt, ja unvermeidlich. Sie zielen darauf ab, ein gewisses Zurückstecken der eigenen Interessen zugunsten der Gemeinschaft zu trainieren. In Gesellschaften allerdings, die starke und übermächtige Ideologien benötigen, um einen Verbund über die Familie, die Sippe oder den Clan hinaus aufrechtzuerhalten, gerät dabei gerade die Sexualität unter einen ungeheuren, ja oft lebensfeindlichen Druck. Lust ist individuell und anarchisch. Das ist besonders für rigide Gesellschaften eine ständige Gefahr, der es entgegenzutreten gilt. Sind es bei den einen hauptsächlich ideologische Zwangsmittel, das heißt meist religiöse oder moralische Tabus, so sind es bei anderen massive körperliche Eingriffe, die mit dem Erreichen der Geschlechtsreife oft unter brutalsten Umständen durchgeführt werden. Die Beschneidung des männlichen Gliedes ist dabei noch die harmloseste Variante. Kaum im Bewußtsein des westlichen Menschen sind Praktiken, die vom Aufschlitzen des Penis bis zum vollständigen Herausschneiden von Klitoris und kleinen Schamlippen sowie dem anschließenden

Zunähen der derart grausam verstümmelten Vulva der Mädchen reichen. Die eine wie die andere Zwangsmaßnahme erzeugt notgedrungen psychische und physische Krüppel, Menschen mit einem gründlich gestörten Persönlichkeitsbild, welches dann in der jeweiligen Gesellschaft als das normale angesehen wird, während der unverstümmelte Zustand als abartig, pervers oder eben sündhaft verfolgt wird.

In unserem christlich geprägten Kulturbereich hat die katholische Kirche über fast eineinhalb Jahrtausende hindurch versucht, den Menschen die Sexualität ganz und gar auszutreiben. Das ist ihr zum Glück nicht gelungen, wie sollte es auch. Aber sie hat erreicht, daß wir nur noch eine sehr eingeengte, eine verkrüppelte Vorstellung von Sexualität besitzen, daß wir im Grunde nur noch sexuelle Analphabeten sind. Und sie hat erreicht, daß selbst diese kläglichen Reste in einem Wust von Schuldgefühlen verstrickt sind. Diese seelische Deformation, der vor allem Frauen ausgesetzt waren und in katholisch dominierten Gegenden immer noch sind, ist schon allein ein Grund, diese menschen- und lebensfeindliche Sekte zu verachten.

Aber es sind nicht nur katholische Vorstellungen, die der Sexualität den Garaus machen wollen. Auch die Puritaner und bigotten Frömmler protestantischer Denkungsart haben gerade in den letzten Jahrhunderten massiv dazu beigetragen, jegliche erotische oder sexuelle Regung unter Schuldgefühlen zu ersticken. Als ich mit 18 Jahren mein Kunststudium begann und zum zweitenmal zum Aktzeichnen ging, rutschte einem Studienkollegen ein kleiner Zettel aus seinem Zeichenblock. Ich hob ihn auf und gab ihn ihm. Auf diesen Zettel hatte seine sehr religiöse Mutter geschrieben: „Da wird der Herr Jesus aber sehr, sehr traurig sein, daß Du solche geilen Sachen machst.“

Nun liegt in unserem Kulturkreis die massive Mißbilligung von Selbstbefriedigung und die zum Teil sogar juristische Verfolgung von vor- bzw. außerehelicher Sexualität oder „unnormaler“ Sexualpraktiken wie Oral- oder Analverkehr bereits nahezu 35 Jahre zurück, und viele von uns haben diese Restriktionen schon beinahe vergessen. Noch 1964 stand in 50 von 54 US-Staaten auf Oralverkehr eine Strafe von zwanzig Jahren Gefängnis! Was im Vergleich mit der Menschheitsgeschichte oder auch nur mit der christlich-abendländischen Epoche eher der Dauer eines Lidschlags gleichkommt, verdeckt natürlich nur höchst oberflächlich die seit langer Zeit überlieferten und antrainierten Verhaltensmuster und Anschauungen. Unser kulturelles Unterbewußtsein meldet sich noch immer massiv zu Wort, ob wir das nun wollen oder nicht. „Liebe ohne Reue“, wie die ersten Aufklärungsbroschüren der Adenauerzeit betitelt waren, und die wie Pornografie heimlich im diskreten Versandhandel vertrieben werden mußten, gibt es auch heute noch nicht für alle. Nach wie vor beeinflussen Unwissenheit, Schuldgefühle, Ängste, Desinformation und Vorurteile sowie die Reaktionen psychisch deformierter Menschen unser sexuelles Verhalten. Nach wie vor können Leute lukrative Geschäfte mit der frustrierten Lust betreiben. Nach wie vor sind manche derart verbogen, daß sie sich nur an Wehrlosen sexuell schadlos halten können.

Gerade Mädchen wachsen oft noch in einer Atmosphäre von Verboten und Ermahnungen, dem ständigen Wirf-dich-nicht-weg-Vorwurf auf. Es gibt noch immer genügend Fälle, in denen die sexuelle Aufklärung von Mädchen sich darauf beschränkt, ihnen ihre „Pflicht", den Mann abzuweisen und ihren guten Ruf zu wahren, nahezulegen und ihren Eltern die Schande einer sexuell aktiven Tochter zu ersparen. In bezug auf die Akzeptanz von Sexualkontakten durch die Eltern hat sich allerdings einiges gebessert. Wir dürfen ja nicht vergessen, daß sie noch vor dreißig Jahren dafür wegen Kuppelei ins Gefängnis wandern konnten. Ein Mädchen, das sexuell herumexperimentiert, läuft jedoch immer noch Gefahr, für ein „leichtes", verdorbenes, gehalten zu werden, das als sexuelles Freiwild angesehen wird, während ein entsprechender Junge ein ganzer Kerl ist.

Das Frauenbild unserer Gesellschaft ist trotz Frauenbewegung und Aufklärung noch immer ganz und gar unmöglich. Noch immer werden junge Mädchen in diversen Mädchenzeitschriften auf ein vorwiegend konservatives Rollenbild eingeschworen. „Mädchen sind dazu da, Männer glücklich zu machen – das ist die aus dem Muff der fünfziger Jahre stammende Devise von Mädchenzeitschriften", schreibt der Spiegel. „Ebenso verstaubt sind die Rollenklischees, von denen vor allem die Fotogeschichten leben: Mädchen sind die hilflosen, naiven Schönen, die abgefeimten Lustmolchen fast zum Opfer fallen, aber schließlich doch noch von einem jungen Prinzen gerettet werden. Als hätte es die Frauenbewegung und den Kampf um weibliche Emanzipation in der Männergesellschaft nie gegeben, überziehen

Zeitschriften für Mädchen die Jahrzehnte der Aufklärung und Erziehung zum Selbstbewußtsein mit dem süßlich-seichten Zuckerguß der Niedlichkeit. Daß auch Frauen denkende Wesen sind, ist eine Erkenntnis, die sich die jungen Leserinnen anderswo beschaffen müssen." Das Hauptthema all der Magazine für Mädchen und junge Frauen handelt von der Grundfrage: „Wie finde ich einen Mann", als ob sich Mädchen und Frauen für nichts anderes interessierten. Auch beim Thema Sexualität ist alles darauf angelegt, daß man den Jungs und Männern durch sein Äußeres gefällt. Tips, wie man mit modischen „Mogelpackungen" mangelhafte Körperformen vertuschen kann oder mit raffinierter Schminkerei die Männer verrückt macht, dominieren dieses Medium. Die passive Grundhaltung, wonach für die eigene Befriedigung der Mann verantwortlich ist, bestimmt das Bild, das Frauen auf diese Weise von sich und ihrem möglichen Partner erwerben.

Schaut man sich die für junge Leute, vor allem aber für Mädchen gemachten Sexbreviere an, so findet man nichts als „heile Welt". Sex gehört zum Leben, das hat man wohl erkannt. Doch Sex soll harmlos, verschmust und unkompliziert sein. Dazu wird eine Bilderflut von perfekten Traumbodys geliefert – modelhaft süße Mädchenkörper und sportlich durchtrainierte Body-Building-Männer – inklusive Seidenbettwäsche und Spitzendessous. Sex als Luxuszelebration und großes Ereignis mit Kerzenlicht und Streichorchester. Bei all diesen Festivals, die doch so umwerfend schön sind, ist es natürlich selbstverständliche Pflicht der Frau, mit Orgasmen zu reagieren, daß es nur so rauscht und kracht. Schließlich hat doch die Wissenschaft festgestellt, daß Frauen multiple Orgasmen haben können. Also Mädels, dann zeigt uns das gefälligst mal! Alles Bilder und Ansprüche, die die wenigsten von uns erfüllen können oder wollen. Die Fähigkeit zum spontanen Orgasmus, mit der wir alle ausgestattet sind, wird unter solchen Rahmenbedingungen zu einer zweckgebundenen Erfolgsangelegenheit und damit sehr gefährdet.

Ach übrigens, Sex was ist das?

Die „natürlichste Sache der Welt" ist alles andere als natürlich, jedenfalls genausowenig wie ein Cordon Bleu oder Saltimbocca à la Romana.

Sex ist nicht nur Geschlechtsverkehr. Das ist, zumindest für alle Menschen außerhalb des Vatikans, eine Binsenweisheit. Und doch lohnt es sich, daß wir uns einmal näher damit befassen. Sex ist zum einen die biologische Art unserer Fortpflanzung. In dieser Definition entspricht er ungefähr der Nahrungsaufnahme als der Art unserer körperlichen Erhaltung. Zum anderen ist Sex ein sehr kompliziertes Geflecht zivilisatorischer, kultureller, ethischer, sozialer, emotionaler und kommunikativer Gepflogenheiten. Darin entspricht er eher dem Essen als sozialem und kulturellem Ereignis. Worüber wir hier reden ist das zweite Verständnis von Sex. Deshalb ist auch die Frage, wie wir anatomisch beschaffen sind, und die Frage, was sich physiologisch, zum Beispiel beim Orgasmus, in uns abspielt, von untergeordneter, ja nebensächlicher Bedeutung. Wenn wir Eßstörungen behandeln, interessiert uns ja auch nicht die Funktion unserer Verdauungsorgane, sondern psychische und soziale Konflikte, die mit der Nahrungsaufnahme als solcher herzlich wenig zu tun haben. Wollen wir also herausfinden, wieso es Schwierigkeiten mit dem Sex gibt, zum Beispiel Schwierigkeiten mit der Erektion oder mit dem Orgasmus, so fragen wir deshalb auch weniger nach der körperlichen Funktion, sondern nach eben all jenen zivilisatorischen, kulturellen, ethischen, sozialen, emotionalen und kommunikativen Gegebenheiten, um für unsere Frage eine Antwort zu erhalten. Das lange Zeit in bezug auf Orgasmusschwierigkeien hin und her gewälzte Problem, wie und in welcher Stellung der Schwanz beim Vögeln die Klitoris berührt, ist daher auch ein völlig unbefriedigender Ansatz. Der Orgasmus ist keine Frage der richtigen Stellung, des richtigen Winkels oder der effektiven Reibung. Der Orgasmus ist bei unserem kulturellen Werdegang eine Frage der Beziehung zwischen Kopf und Körper. Die Blockaden, die die körperliche Reaktion be- oder verhindern liegen in unserem Fühlen und Denken. Sie liegen in unserem Verständnis und unserem Umgang mit der Sexualität, in den Bildern und Vorbildern, die uns prägen und uns hindern, spontan und lustvoll zu reagieren.

Wir neigen dazu, die Art und Weise in der Frauen und Männer in unserer Zeit mit der Sexualität umgehen, als natürlich und selbstverständlich anzusehen. Wir vergessen oder wissen es einfach nicht, daß all dies enormen Veränderungen unterworfen ist. Wir haben kaum eine Vorstellung davon, wie das Verhältnis zur Sexualität zum Beispiel 1950, 1850, 1750 und früher ausgesehen hat. Die in vielen Publikationen zum Ausdruck gebrachte „sichere Erkenntnis", daß zum Beispiel Frauen eher zu Liebe und Romantik, Männer eher zu Sex und Vergnügen neigen, daß Frauen im Gegensatz zu Männern wenig oder gar kein Interesse für Pornografie haben, daß Frauen ihre sexuelle Hoch-Zeit erst nach dem dreißigsten Lebensjahr erreichen, während sie bei den Männern zwischen 18 und 25 liegt usw., gilt für nicht mehr als 200 Jahre. Davor hatte man von all dem eine ganz entgegengesetzte Vorstellung. Frauen galten als frivol, lüstern und leichtsinnig, Männer als verantwortungsbewußt, diszipliniert und den „höheren Werten" zugewandt. In Boccaccios Decamerone beispielsweise sind es die Frauen, die ununterbrochen den Männern nachstellen und nichts anderes als Sex im Kopf haben, weshalb man sie unter Aufsicht stellen und im Hause halten muß. Nicht der Student macht sich in den Städtchen an die Fräuleins und Frauen heran oder der Beichtvater des Klosters an die Nonnen, wie wir es heute vermuten würden, sondern umgekehrt. Nicht die Frauen wehrten Sexualität ab, sondern die Männer. Der Keuschheitsgürtel war weniger eine Sicherung gegen unerwünschte Übergriffe der männlichen Konkurrenz, sondern ein Riegel vor der allzu ungehemmten Vergnügungssucht der Damen. Noch für Boccaccio war es eine Binsenwahrheit, daß eine Frau viele Männer müde machen kann, viele Männer aber eine Frau noch lange nicht. Von Orgasmusschwierigkeiten war also keine Rede, wohl aber von den Erektionsproblemen der Männer. Es ist natürlich klar, daß diese Sicht auf das sexuelle Wesen der Frau genauso verzeichnet und unrealistisch ist, wie das spätere von der asexuellen Frau. Auch die durch und durch lüsterne Frau ist ein Produkt, der die Frauen abwertenden Männerphantasie und der sexualfeindlichen Theologie.

Heute nun scheint sich eine Tendenz abzuzeichnen, die mehr Ähnlichkeit mit eben jenen fernen Zeiten hat, als mit der Zeit vor hundert Jahren. Es ist also durchaus möglich, daß bald die Männermagazine voller Kummerecken,

Problemanalysen und Sex-Nachhilfe sind, während in Frauenzeitschriften erotische Geschichten und Bilder vorherrschen. Wie dem auch sei, fest steht, daß all unsere Klassifizierungen und sicheren Erkenntnisse viel stärker allerlei Moden und Ideologien unterworfen sind, als es unserer Wissenschaft lieb ist, und als sie es zugeben will. Gerade das Thema Sexualität ist kaum oder gar nicht ideologiefrei zu behandeln.

So, jetzt hab' ich Ihnen die Kulturbedingtheit der Sexualität erläutert, einleuchtend, wie ich hoffe, und doch könnte ich zum Abschluß das genaue Gegenteil behaupten. Denken Sie bloß nicht, daß alles so einfach wäre! In der Sexualität sind wir trotz aller Kultur noch immer auch die alten Affen. Wobei ich gleich abschwächend sagen muß, daß wahrscheinlich die Affen ein aufgeklärteres Verhältnis zur Sexualität haben, als wir Menschen es jemals zustandebringen. Unser Verhältnis zur Sexualität ist zutiefst menschlich, das heißt vollständig verrückt und anachronistisch. Die tagtägliche Erfahrung sagt mir nämlich folgendes: Frauen haben zwar an Männern zu Recht viel auszusetzen. In der ganzen Welt leben sie unter unmöglichen und erniedrigendsten Verhältnissen. Selbst die Minderheit, die die Segnungen der westlichen Welt erlebt, ist noch lange nicht zufrieden. Sie bemängeln fehlendes Einfühlungsvermögen, fehlende Gefühle, Grobheit, Beziehungsunfähigkeit, Machtgehabe und Mißachtung. Theoretisch wünschen sie sich daher Männer, die zärtlich und mitfühlend sind, und sie respektieren, Männer, die ihnen wirklich zuhören und die sich öffnen können. Praktisch aber scheinen das genau die Eigenschaften zu sein, die sie an Männern in sexueller Hinsicht abtörnen. Viele Frauen fühlen sich sexuell gerade von den Männern angezogen, die alles das repräsentieren was sie theoretisch ablehnen. Kurz: Frauen lieben Machos. Frauen werden sexuell erregt vom wilden Mann, der ihrem eigenen Wesen fremd ist, der sie nimmt und über sie verfügt. Grobheit, Verschlossenheit, ja sogar Schläge machen sie geiler als jede Form von wirklicher Zuwendung. So mancher Mann hat daher die Rolle des verständnisvollen Freundes, bei dem man sich ausheulen kann, gründlichst satt. So gesehen ist Kultur nur ein Popanz, trotz all dem gewichtigen und prägendem Einfluß, den man ihr zuschreibt Die Harmonie der Geschlechter, all der emanzipatorische Fortschrittsglaube ist nichts als eine schöne Utopie. Denn selbst die emanzipierteste Frau wird naß bei dem Gedanken an den wilden schwarzen Mann mit dem langen, dicken und harten Schwanz, der sie in den Wahnsinn fickt. Das schmale Werk von Maryse Holders, die für diese Passion ihr Leben ließ, spricht da eine erschreckend deutliche Sprache. Mit unserer Kultur liegen wir in den wesentlichen und existentiellen Dingen noch immer auf dem Kriegsfuß. In manchen Augenblicken habe ich wenig Hoffnung, daß sich das jemals ändert. Insofern kann man sogar etwas Verständnis aufbringen für die merkwürdige neue Männerbewegung, die sich bewußt von den Frauen abwendet und einer exzessiven Männlichkeit huldigt, mit Urgeschrei und Tanz um den hölzernen Phallos usw, usw. Vielleicht ist alle Aufklärung nur ein Traum, ein Traum von wenigen, Zukurzgekommenen und Enttäuschten. Die Trennung in eine hermetische Frauenwelt und eine hermetische

Männerwelt, an deren Berührungspunkten Gewalt und Unterwerfung herrscht ist nicht nur weltweit Realität, sondern scheint manchmal das eigentliche menschliche Grundmodell zu sein und zu bleiben. Vielleicht hat Georges Bataille doch Recht, wenn er den Eros in unzertrennlicher Einheit mit Tränen und Tod sieht.

Doch belassen wir es bei diesem kleinen, pessimistischen Ausrutscher und wenden uns wieder dem roten Faden des Buches zu.

Ein wenig über den Körper

„Wer immer sich Gedanken machen will über die Frauen, sollte Freud total vergessen." Diesen Satz der französischen Schriftstellerin Simone de Beauvoir wollen wir hier beherzigen.

Gerade habe ich gesagt, daß die Frage, wie wir anatomisch beschaffen sind, von untergeordneter, ja nebensächlicher Bedeutung sei. Und doch will ich hier auch über den Körper, genauer gesagt, über die Geschlechtsteile reden.

Wir kennen alle die Geschichte von Adam und Eva, und daß Eva aus einer Rippe Adams entstand. In dieser Geschichte ist die Wirklichkeit auf den Kopf gestellt, denn bei allen Lebewesen ist das Basisgeschlecht weiblich, auch beim Menschen. Das männliche Lebewesen entsteht aus einer Abweichung vom weiblichen Grundmodell. So ist auch das embryonale Geschlecht zunächst undifferenziert und hat ein weibliches Aussehen, etwa wie eine Kaffeebohne. Nun entstehen die menschlichen Geschlechtsteile zwar aus einer gemeinsamen und am Beginn der Entwicklung nicht zu unterscheidenden Anlage, sie sind aber im ausgereiften Zustand verschieden organisiert. Sie bestehen aus verschiedenen Teilen oder Regionen. Wir wollen hier einmal nur die äußeren Geschlechtsteile betrachten. Beim Mann ist das der Hodensack, der Penisschaft, das Ende des Penisschafts direkt unterhalb der Eichel, die Eichel mit dem Ausgang der Harnröhre. Bei der Frau, in gleicher Reihenfolge, die äußeren Schamlippen, die kleinen Schamlippen, die Klitoris, der Scheidenvorhof mit dem Ausgang der Harnröhre.

Warum erzähle ich Ihnen das? Ich erzähle es deshalb, weil es immer noch die weitverbreitete und bei Freudianern geradezu zum Evangelium erhobene Auffassung gibt, die Klitoris sei eine Art „verkümmerter" Penis. Wie wir gesehen haben ist jedoch die Klitorisspitze, auch wenn es optisch so scheint, nicht das Gegenstück zur Eichel. Und damit ist sie auch kein „unweiblicher" männlicher Rest, sondern ein wunderbar empfindlicher zentraler Teil des weiblichen Geschlechtsorgans. Die in der Psychologie, vor allem der freudianischen, vorherrschende Meinung, das Herummachen am Kitzler sei unreif und männlich fixiert, und nur die Vagina sei das richtige weibliche Geschlechtsorgan, entbehrt jeglicher Grundlage. In dieser Auffassung zeigt sich nur das alte patriarchalische Modell, daß der Mann das Basismodell und die Frau ein Ableger davon, eben nur eine Rippe sei. Das weibliche Geschlechtsorgan besteht nicht zu allererst aus der Vagina, so wie das männliche Organ nicht nur zum Beispiel aus der Eichel oder dem Hodensack besteht. Das weibliche Geschlechtsteil begreift man nur in seiner Gesamtheit, oder man begreift es überhaupt nicht.

Beim Mann liegen nun alle Teile oder Regionen in einer Reihe. Alle Partien werden beim Vögeln gleichermaßen gereizt. Kein Wunder also, daß Männer dabei keine Schwierigkeiten mit dem Orgasmus haben. Die Art der Reibung ist ja auch nicht sehr verschieden von der, die bei der Selbstbefriedigung ausgeführt wird. Das scheint viele Männer dazu zu verleiten, auch beim Vögeln lediglich zu onanieren. Sie tauschen dabei nur ihre Faust gegen die Vagina aus. Ihr Verhalten aber bleibt ganz das gleiche. Gerade diese Männer aber finden es dann besonders daneben, wenn die Frau, um zum Orgasmus zu kommen, zusätzlich „onanieren" muß.

Bei der Frau gehört also mehr dazu, um sie sexuell zu stimulieren. Biologisch hat das wohl einen Auswahlzweck. Wir können das im Tierreich beobachten. Es ist fast die Regel, daß das männliche Tier einen enormen Aufwand an „Stimmungsmache" absolvieren muß, ohne sicher zu sein, daß es beim weiblichen Tier zum Zuge kommt. Das weibliche Tier läßt es erst dann heran, wenn es tatsächlich ausreichend erregt ist. Im Tierreich bestimmt nämlich der weibliche Teil, wann und ob. Die Sexualität ist dort ein umfangreiches und langwieriges Ritual. Das ist eine Aufforderung an die Männer, das ganze weibliche Genital zu erkennen und sich entsprechend um es zu kümmern. Man kann es auch so sagen: Der weibliche Orgasmus ist so gesehen auch ein Problem der Männer. Hier ist ganzheitliches Denken und Handeln angesagt und nicht nur eine heftige Stoßnummer, denn zum Orgasmus gehört noch viel mehr als nur die körperliche Reizung.

Das „Herummachen" an der Klitoris oder anderen weiblichen Körperteilen paßt aber vielen Männern in ihrer zielgerichteten Kopulationssexualität nicht. Sie finden es lästig. Vorher haben sie keine Zeit dafür, denn sie wollen endlich mit ihrem Schwanz in die Vagina und „richtigen Sex" machen. Während sie dann „richtigen Sex" machen, stört es ihren Stoßdrang. Ja und hinterher sind sie zu müde. Doch nicht nur in der Praxis findet fast nur die Vagina Beachtung, auch in der Theorie, der Wissenschaft.

Die gesellschaftlich erwünschte Norm der weiblichen Reaktion beim Sex ist nach wie vor der Orgasmus beim Koitus. In der wissenschaftlichen Literatur finden wir deshalb auch eine Unzahl von Argumenten, die alle letztlich darauf hinauslaufen, daß eine „richtige" oder „gesunde" Frau den Orgasmus durch die Stimulation der Vagina zu erreichen hat, während die Manipulation am Kitzler eine Deformation, ein Zustand der Unreife und was nicht alles ist. Der bekannte Psychoanalytiker Alexander Lowen behauptet sogar: „Der klitorale Orgasmus stellt eine Form der orgastischen Impotenz bei der Frau dar". Dem gegenüber steht die häufige weibliche Erfahrung, daß der „normale" Geschlechtsverkehr sie meist unbefriedigt läßt. Die Ärztin Sabine zur Nieden schreibt dazu in ihrer Doktorarbeit: „Es waren große theoretische Kraftakte notwendig, die weibliche Erfahrung, daß gerade der Koitus die Frauen unbefriedigt zurückläßt, ins Gegenteil zu verkehren und trotz dieses Widerspruchs gerade diese sexuelle Praxis als die eigentlich befriedigende zu erklären."

Sowohl Alfred Kinsey als auch Masters und Johnson fanden in ihren Untersuchungen heraus, daß die Masturbation die sexuelle Aktivität sei, bei der Frauen am häufigsten und sichersten einen Orgasmus erleben. Es sind inzwischen viele Untersuchungen zu diesem Thema durchgeführt worden, und alle zeigen sie, daß die Orgasmusrate der Frauen, verglichen mit der männlichen, beim Koitus auffallend niedrig ist. Ich möchte an dieser Stelle nochmals wiederholen: Für einen Mann ist die körperliche Reizung beim Koitus nahezu identisch mit der Reizung, die er bei der Selbstbefriedigung erfährt. Für die Frau aber unterscheidet sich die sexuelle Reizung beim Hin und Her in der Vagina, einem Teilbereich ihres Geschlechts, deutlich von der Reizung der Klitoris, einem anderen Teilbereich ihres Geschlechts.

Der soziokulturelle Mythos des Koitus ist jedoch so stark, daß es überaus schwierig scheint, diesen Unterschied zu sehen, zu akzeptieren und aus dieser Erkenntnis ein entsprechend anderes Sexualverhalten abzuleiten.

Das herkömmliche Sexualverhalten ist offensichtlich ineffektiv für die Lust der Frau und wahrscheinlich auch für den Mann. Denn wer als Mann wenigstens einmal, nach einem ausgedehnten sexuellen Zusammensein, einen wirklich umwerfenden Orgasmus erlebt hat, muß erkennen, daß der kurze Kitzel nach der Dreiminutennummer eigentlich kaum Orgasmus genannt werden kann. Unsere Auffassung von Sexualität ist ein Wust von Klischeevorstellungen. Auch die Männer selbst stecken in einem Panzer aus Klischeevorstellungen und seit Jahrhunderten eingeübtem Rollenverhalten – und leiden auch darunter. Gerade in der Jugend werden sie durch den Gruppendruck ihrer Clique und viele andere Einflüsse auf Machtgehabe, Dominanz, Coolness und Gefühlskälte getrimmt. Es wird ihnen damit ein wichtiger Bereich ihres Menschseins aberzogen. Das Vorbild für ihre Sexualität ist eine absurde Verkürzung und Reduzierung auf Rein-Raus-Abspritzen-Fertig. Selbst Fluten von Aufklärungsliteratur haben an diesem Schema grundsätzlich nicht viel verändert. Selbst die Variante: Vorspiel, Hauptgang und

Nachspiel ist nur eine etwas erweiterte Form dieses zielgerichteten Sexualverhaltens. Gerade das sogenannte Vorspiel ist ja oft nichts weiter als eine Methode, die Frau aufzugeilen, damit man sie dann besser ficken kann. Das Nachspiel besteht dann auch nur noch aus einer Zigarette. Dieses den Männern durch die Kulturtradition aufgezwungene und verinnerlichte Sexualschema ist immer noch Standard und wird noch immer von vielen Frauen unbesehen übernommen. In Wirklichkeit läuft Sexualität für Frauen anders ab und eigentlich auch für Männer. Die müssen es nur erst wieder für sich entdecken. Es ist also kein Wunder, daß Frauen mit diesem reduzierten Sexmodell ihre Schwierigkeiten haben. Und daß sie diese Schwierigkeiten haben, ist kein Mangel von ihnen, kein Grund sich mit Selbstzweifeln zu plagen, sondern nur die Folge eines veralteten und unzulänglichen Modells von Sexualität.

Ein Kapitel über die Bilder

Wer sind wir eigentlich? Sind wir noch wir selbst oder nur von anderen bewegte Objekte in einem riesigen Verschiebebahnhof?

Es ist schon schlimm genug, daß jeder Mensch mit irgendwelchen Details seines Körpers unzufrieden ist. Die etwas deutlichere Nase wird als Rüssel empfunden, eine kaum merkliche Falte unter den Augen als Tränensack. Frauen mäkeln vor allem an ihren Brüsten herum. Sie sind entweder zu klein oder zu groß. Stehen sie nicht steil nach oben ist's gleich ein Hängebusen, sind sie spitzer als die „Norm" der Modejournale so meint sich die Betroffene gleich im Besitz „afrikanischer Zipfelbrüste" und sofort. Jeder von uns leidet unter dem Diktat des jeweils gängigen Normkörpers. In dieser Schablone bleiben wir hängen, weil unser individueller Körper zu ihr nicht paßt, ja nicht passen kann. Diese Schablone wurde und wird ganz besonders, ja bis vor kurzem fast ausschließlich, an den weiblichen Körper angelegt. Jede Frau kann ein trauriges Lied davon singen, wie sie bewußt oder unbewußt einem durch Modejournale, TV oder Film geprägten Ideal hinterherhechelt und versucht, sich mit Diäten und Fitneßanstrengungen wenigstens in die Nähe der geforderten „Ansehnlichkeit" zu bringen. Und das, obwohl jede zumindestens spürt, daß es sich bei den Vorbildern um, oft mit viel Aufwand an Schminke und Fototechnik erzeugte, Kunstprodukte handelt. Bei der Lektüre von Frauenzeitschriften muß man geradezu Komplexe kriegen. Das Körpergefühl von Frauen wird fast tagtäglich, gerade durch die unerbittlichen Medien, herausgefordert und in Frage gestellt. Hinterhältigerweise werfen aber dieselben Medien den Frauen dann wieder vor, sie hätten ein gestörtes Verhältnis zu ihrem Körper. Am Beispiel der Fotografien von Helmut Newton beschreibt die Journalistin Silvia Bovenschen die Künstlichkeit zum Beispiel des derzeit vorherrschenden Körpermodells: „Seine Bilder wollen den weiblichen Modekörper gestreckt, hochgewachsen, muskulös, stark, kraftvoll. Ein bißchen so, wie einmal der heroische männliche Körper bildnerisch konstruiert wurde, so, wie die Alten den kriegerischen Jüngling dachten und so, wie es heute der Körpermode fürs Weibliche entspricht. Mit Hilfe von handverlesenen Modellen, die ihrerseits vermutlich am Modell ihres Körpers effektiv gearbeitet haben, und mit allen Mitteln der Aufnahmetechnik entsteht in immer neuen Serien dieser Körpereffekt. Selbst in den Porträts prominenter Frauen wird deren individuelle Körperlichkeit von der Ökonomie dieser Körperästhetik absorbiert, erscheint das, was sie jeweils von anderen unterscheidet, nur mehr als ein Moment von Ausstattung und Inszenierung. Diese Frauenkörper sind geklonte Körper. Die Bilder erzählen nicht länger von dem Körper, der doch stets bleibt, was er ist, sondern sie markieren ein Körpermuster, nach Belieben konstruierbar, einen Musterkörper, unendlich multiplizierbar. Dergleichen liegt im Trend und dergleichen geschieht, wie ein Blick auf die homoerotische Modefotografie Bruce Webers zeigt, auch mit dem Bild des männlichen Körpers."

Zwar erscheint es uns durch die kulturpessimistische Brille betrachtet, als sei diese Normierung des Schönheitsideals eine Erscheinung unserer Zeit. Ein Blick in die Kunstgeschichte belehrt uns jedoch recht schnell, daß auch frühere Epochen auf diese Normierung setzten und zwar vornehmlich für Frauen. Im Mittelalter hatte die schöne Frau kleine, halbkugelige Brüstchen und einen runden, vorgewölbten, fast schwangeren Bauch. Im Barock dagegen war Körperfülle angesagt und Zellulitis ein gefordertes Schönheitsideal – man schaue sich das bei Rubens an. Doch schon im Rokoko hatte die Dame wieder zierlich zu sein. Um die Jahrhundertwende schließlich war's dann der üppige Busenbalkon, Wespentaille und ein ausladender Hintern. Vom Mittelalter bis zum Rokoko war es zum Beispiel für eine Frau, die auf sich hielt und gesellschaftlich etwas gelten wollte völlig unmöglich, dunkle Haare zu haben. Frauenhaare hatten blond oder wenigstens rötlich zu sein. Tagelang hockten italienische oder französische Damen in der Sonne, um ihr Haar zu bleichen. Dabei waren sie am ganzen Körper verhüllt und trugen breitkrämpige Hüte ohne Kopfteil, denn die Haut hatte wiederum rosigweiß zu sein. Sonnenbräune galt als minderwertig, primitiv und als Armeleuteattribut. Natürlich sind dies alles nur Normen für die gehobenen Schichten, den Adel meist, gewesen, jedenfalls wissen wir nur von ihnen Das Treiben und Denken sowie die Gewohnheiten des einfachen Volkes sind ja so gut wie nicht überliefert. Heutzutage jedoch, inmitten der unübersehbaren und täglich auf uns niederprasselnden Bilderflut, sind wir mehr oder weniger alle davon betroffen. Da mag es tröstlich sein, wenn man in keiner Weise dem gängigen Schönheitsideal entspricht und resigniert oder lachend das Thema ad acta legen kann. Gerade Frauen, die hübsch sind, die vielleicht sogar Ähnlichkeit mit dem Ideal haben, stehen nämlich besonders unter dem Streß, das Vorbild zu erreichen und mehr noch, ihre Schönheit zu konservieren. Wie sehr gerade Frauen unter einem Schönheitsdiktat stehen, zeigt die Tatsache, daß sie dafür sogar die Verletzung ihres Körpers in Kauf nehmen. Zu Zeiten der Wespentaillen ließen sich etliche von ihnen die unteren Rippen operativ entfernen, um sich noch atemberaubender schnüren zu können. Atemberaubend ist dabei durchaus wörtlich zu nehmen. Heute, wo seit einigen Jahren wieder mal Atombusen modern sind, lassen sich unglaublich viele Frauen durch Silikonimplantate ihre Brüste (wie ich finde) verschandeln. Abgesehen davon, daß man's jedesmal sieht, wie bei einem Toupet, ob eine Brust echt ist oder ein modischer Luftballon, ist es ein traurig stimmendes Zeichen dafür, wie wenig die Frauen auf ihren Körper vertrauen und ihn so akzeptieren, wie er nun mal ist. Vielleicht ist auch die Frage erlaubt, was eigentlich mit diesen Luftkissen geschieht, wenn sie älter oder alt werden?

Damit sind wir bei einem weiteren Aspekt des Schönheitsterrors, der Dauerhaftigkeit. Galten und gelten die grauen Schläfen, der vom Leben gezeichnete Charakterkopf als Schönheitsmerkmal des Mannes und galt sogar einmal der dicke Bauch, der sogenannte „Embonpoint", als Zeichen von Würde und Wohlstand, die einen Mann begehrenswert erscheinen ließen, so gab es für die Frauen nur eines: den jugendlichen Schmelz. Jeder noch so farblose Jüngling hat zumindest die Chance, im Alter noch ein wenig markantere

Gesichtszüge zu erwerben. Für die Frau bleibt nur der stetige Abstieg zur „alten Schachtel". Ob eine Frau es wirklich als Kompliment empfindet, wenn man ihr einen „Charakterkopf" bescheinigt, ist nicht so ganz sicher.

In dem Film „Abgeschminkt" von Katja von Garnier, sagt eine der beiden Hauptdarstellerinnen dazu treffend, während sie vor dem Spiegel steht: „Es ist ungerecht, Männer bekommen, wenn sie älter werden, Linien ins Gesicht. Und das sieht dann auch noch wahnsinnig interessant aus. Frauen kriegen Falten!"

Während der Pubertät sind die Sorgen um die Figur noch ziemlich gleichmäßig auf Jungen und Mädchen verteilt. Da geht es noch nicht um Grundsätzliches, sondern eher um diese oder jene kleine Nachbesserung. Als Jungen von 12 Jahren stopften wir uns in der Umkleidekabine des Schwimmbades Taschentücher in die Badehose, um den spitzen Zipfel unseres noch kindlichen Geschlechts zu einem ansehnlichen „erwachsenen" Wulst umzuformen. Außerdem liefen wir bei dieser Gelegenheit gerne mit verschränkten Armen herum, damit wir den Bizeps mit den Händen etwas herausdrücken und ihm so etwas mehr Fülle geben konnten. Als Mädchen nutzten wir die Taschentücher, um das Bikinioberteil verlockender zu gestalten, oder hatten öfter mal „unsere Tage", um kundzutun, daß wir schon überaus weiblich waren. So etwas sind Spielereien, über die fast jeder und jede seine oder ihre individuelle Geschichte erzählen kann. Was danach kommt, gestaltet sich vornehmlich für Frauen zum langanhaltenden Streß. Mögen die Zeiten, in denen Frauen über Vierzig ihre Bewerbungen kommentarlos, dafür aber mit rot unterstrichenem Geburtsdatum zurückgeschickt bekamen, auch vielleicht vorbei sein, das Älterwerden ist immer noch für jede Frau ein Damoklesschwert, das über ihrem Kopf droht und ihr das Leben verschattet. Für einen Mann ist es nur schwer nachzuvollziehen und eher Realsatire, wenn im Fernsehen 13jährige Models für Faltencremes werben und jugendliches Aussehen für sogenannte „Karrierefrauen" versprechen. Oder wenn 35jährige Frauen in der Fernsehwerbung ihr angebliches Gebiß nachts mit „Corega-Tabs" reinigen. Doch da die Kosmetik- und Modeindustrie sich daranmacht, die andere Hälfte der Menschheit zielstrebig zu umwerben, dürften die Männer nicht mehr lange etwas zu lachen haben. Der ölglänzende, männliche Hochleistungskörper, der vermehrt in der Werbung auftaucht, treibt heute schon etliche Männer verunsichert in die diversen Fitneß-Studios.

Diese Bilder, um auf den Punkt zu kommen, diese Bilder bedeuten für uns einen ständigen Angriff auf unser Körpergefühl, auf das Wohlbefinden in unserem Körper und damit auch auf die Lust an unserem Körper. Wer sich seiner „Mängel" wegen schon nicht gerne auszieht, der wird auch am Sex nicht das Vergnügen haben, das er eigentlich durchaus daran haben könnte.

Es sind aber, wie schon gesagt, nicht nur die Bilder im eigentlichen Sinne, die Fotos, die uns eine Norm für unser Äußeres vorgaukeln. Es sind auch die Bilder im übertragenen Sinne. Bilder von der Frau und wie sie zu sein hat. Bilder vom Mann und was er angeblich von einer Frau erwartet. Bilder vom Sex, vom Geschlechtsakt und wie er abzulaufen hat. Was man machen muß, damit der Mann „ES" toll findet und einen selbst auch. Manche Frauen reagieren auf diese Normvorstellungen dann auch mit einem regelrechten Ritual, einem festen Repertoire, das sie ebenso stumpfsinnig und schematisch durchziehen, so, wie es in den meisten Pornofilmen vorgeführt wird. Wahrscheinlich reproduzieren sie damit nur das, was ihnen von Männern, die auch noch von den Vorgaben der handelsüblichen Pornos geprägt sind, nahegebracht wird: Erst mal auf die Knie, Schwanz in den Mund; dann hinlegen, Beine breit und rums, rums, rums von vorne, rums, rums, rums von hinten, kurzes Aufstöhnen und fertig.

Christian, ein junger Ingenieur, erzählte mir bei den Interviews zum Impotenzbuch von einer Kollegin, in die er sehr verliebt gewesen war. Sie hatte ihm zu verstehen gegeben, daß sie ihn zwar sehr möge und gerne mit ihm zusammen sei, Sex mit ihm käme für sie aber nicht in Frage. Sie wolle sich das schöne Verhältnis mit ihm nicht durch Sex verderben. Für ihn war es jedesmal eine seelische Tortur, wenn sie ihm von ihren frustrierenden Sexerlebnissen mit Discobekanntschaften erzählte. Sie klagte ihm die Ohren voll über diese gefühllosen Machotypen, an die sie dabei leider immer gerate. Sie, die mit ihm die „höheren Empfindungen", das „Geistige" leben wollte und sein Verständnis für die Frauen, sein Einfühlungsvermögen und seine Phantasie im Umgang mit ihr lobte und genoß, suchte sich fürs Sexuelle ausgerechnet immer gerade solche Männer aus, die ihr absolut nicht guttaten, aber eben ihrem Bild von einem sexuell attraktiven Mann entsprachen. Doch jedesmal erlebte sie das gleiche, eigentlich vorhersehbare Desaster. Als sie sich nach langem Hin und Her schließlich bereit erklärte, mit Christian zu schlafen, vollzog sie mit ihm ein vollkommen unpersönliches, mechanisches Ritual, was ihn derart entsetzte, daß er seine Erektion verlor und für die Dauer des Beisammenseins auch nicht wiedererlangte. Er beschrieb seine Kollegin als äußerst attraktive junge Frau, die deutliche sexuelle Signale aussandte, jede Woche mindestens irgendeinen Mann im Bett hatte und doch von sexuellem Empfinden so weit entfernt war wie der Mond von der Erde.

Ist die sexuelle Vorstellung einerseits, wie in diesem Beispiel, geprägt von dem Wunschbild eines kraftvollen, wilden Helden (Traumkörper, lange Haare, kerniger Blick usw. usw.), so ist sie es andererseits oft durch eine merkwürdige Verquickung mit der Liebe. Gerade diese Gleichsetzung des einen mit dem anderen, also der Vorstellung, daß vor allem Sex ohne Liebe nicht möglich sei, bestimmt für viele Frauen ihr Verhältnis zur Sexualität, wie das nächste Kapitel zeigt.

Oh, holde Himmelsmacht …

Merkwürdigerweise ist es manchmal gerade die Liebe, die beim „Liebe"-machen im Wege steht. Der Traum von der Herzinnigkeit wird so hin und wieder zum sexuellen Alptraum.

Vor allem Frauen wird eingetrichtert, daß Sex ausschließlich eine Funktion der Liebe sei. Und so sind denn auch viele Frauen noch immer felsenfest davon überzeugt, daß Sex ohne Liebe, als bloßes körperliches Vergnügen, für sie nicht möglich sei. Dabei treten die Komplikationen paradoxerweise gerade dann auf, wenn Liebe im Spiel ist.

Andrea zum Beispiel, eine 29jährige, angehende Ärztin, berichtete mir von dem, was sie Ihren Orgasmusstreß nennt. Er überkommt sie besonders dann, wenn sie sich richtig verliebt hat. Sie kommt, wie viele, aus einem Elternhaus, in dem Sexualität kein Gesprächsthema ist. Auch sie ist aufgewachsen mit der Vorstellung, daß Sexualität eine Unterfunktion von Liebe ist und ohne Liebe sozusagen nicht existiert. Liebe aber bedeutet dann auch, dem Mann in sexueller Hinsicht alles zu geben, was dieser von einer Frau erwarten mag.

Mit 19, sie war in ihrem ersten Studienjahr, lernte sie einen Mann kennen und verliebte sich in ihn bis über beide Ohren. Er war für sie, wie bei so vielen jungen Mädchen, der

Traummann fürs Leben. Vor allem aber sah er gut aus, so gut, daß er ohne weiteres als Dressman hätte gehen können. Das Aussehen, so hatte sie gelernt, war ebenfalls ein entscheidendes Kriterium. Mit ihm erlebte sie ihren ersten Geschlechtsverkehr, und bei dem ging es also darum, die Liebe in die „Tat“ umzusetzen. Sie war sehr erregt und feucht und auch er hatte einen prächtig steifen Schwanz. Das war für sie das sichere Zeichen dafür, daß auch er sehr in sie verliebt war und sie wirklich begehrenswert fand. Immer wieder hatte sie vom erstenmal geträumt und es sich in den herrlichsten Farben ausgemalt. Er würde in sie eindringen und sie würde all die wunderbaren Gefühle haben, von denen so viel die Rede war. Sie würde mit ihm zusammen einen außerordentlichen Orgasmus erleben, einen Orgasmus, der der Heftigkeit ihrer Liebe angemessen sein und sie besiegeln würde.

Doch dazu kam es leider nicht. Statt der erwarteten emotionalen Sensation durchlebte sie einen Wust von ambivalenten Gefühlen. Sie war nicht nur furchtbar aufgeregt, sondern auch verkrampft und in Angst, ob sie auch alles richtig machen würde. Im Interview verglich sie die ganze Angelegenheit mit einer Prüfungssituation. Man ist zwar gut vorbereitet oder glaubt jedenfalls, es zu sein, doch plötzlich kommt irgend etwas, was man so nicht erwartet hat und schon legt sich ein Nebel Londoner Ausmaßes auf den Geist. Panik setzt ein, und man weiß nicht einmal mehr das Einfachste. Nachdem er in sie eingedrungen war stellte sie entsetzt fest, daß das Gefühl in ihrer Vagina absolut nicht dem entsprach, was sie sich darunter vorgestellt hatte. Dieses ziemlich mechanische Hin und Her erregte sie keinesfalls. Sie war total verspannt und dachte nur daran, daß sie es sich nicht anmerken lassen dürfte, um ein Fiasko zu vermeiden. Wie sie es im Film gesehen hatte, wand sie sich, krallte ihre Fingernägel in seinen Rücken und stöhnte mit gespielter Leidenschaft. Ihr wurde schlagartig klar, daß daraus nie und nimmer etwas Lustvolles werden könne, und plötzlich bekam sie Panik. An einen Orgasmus war gar nicht zu denken. Sie funktionierte offensichtlich nicht wie eine richtige Frau, sie war gar keine richtige Frau, sie mußte ihren Liebhaber enttäuschen, vielleicht war sie sogar frigide, und er würde sich gelangweilt von ihr abwenden. Das tat er zwar nicht, er hatte ihr Desaster überhaupt nicht mitbekommen, aber von Stund an war ihre Sicht der Beziehung getrübt und gestört. Auch beim zweiten und allen folgenden Malen horchte sie verzweifelt in sich hinein. Kleine Wellen der Lust, die sie freudig aufatmen ließen verschwanden sofort wieder, wenn sie sich auf sie zu konzentrieren begann. Sie spielte, so gut sie konnte, mit, aber jedesmal wenn es vorbei war zernagte sie sich in Schuldgefühlen. Damit machte sie das Problem jedoch nur noch viel schlimmer.

Irgendwann kam sie dahinter, daß ihr Freund sie betrog. Über gemeinsame Freunde erfuhr sie, daß er nebenher auch mit anderen Frauen schlief und sie darüber nach Strich und Faden belog. Jetzt, so dachte sie, bekam sie ihre Quittung. Sie konnte ihm nicht bieten, was er offenbar bei anderen fand, nämlich daß sie durch ihn in einen fulminanten Lusttaumel geriet. All ihre Schönheit und Klugheit halfen ihr nicht, solange sie nicht wie eine richtige Frau mit einem Orgasmus auf seine Bemühungen reagieren konnte. Sie war zutiefst verletzt über seine Untreue und gab doch sich selbst die Schuld. Was war bloß mit ihr los?

Seither hat sie einige Beziehungen gehabt, aber ihr Anspruch an sich selbst, den sie für einen Anspruch der Männer an sie hält, blockiert zumindest dann, wenn sie wirklich verliebt ist, jegliche lustvolle Sexualität. Das ist um so bedauerlicher, als Andrea eine äußerst attraktive, kluge und begehrenswerte Frau ist.

Wenn also Sex zum einzigen und entscheidenden Tor zur Liebe und umgekehrt Liebe zur entscheidenden Voraussetzung für Sex gemacht wird, und wenn zudem der Orgasmus zur Meßlatte dieser Liebe gemacht wird, braucht sich niemand mehr über die daraus folgenden Komplikationen zu wundern. Liebe braucht den ganzen Menschen und nicht nur seine Geschlechtsteile. Während Sex dagegen Gefahr läuft, in „guten" Sex und „schmutzigen" Sex zu zerfallen, wenn man die Liebe als Wertmaßstab anlegt. Man gerät dadurch nicht nur in ständige Gewissenskonflikte, sondern die übersteigerten Erwartungen beschädigen auch die Lust, wie ich gezeigt habe und weiterhin zeigen werde. Um allerdings Mißverständnissen vorzubeugen: Ich sage nicht, daß Liebe und Sex nicht zusammenpassen, daß das Zusammentreffen beider Regungen nicht angenehm sei. Im Gegenteil. Ich möchte nur darauf hinweisen, daß diese Kombination nicht zwangsläufig ist und vor allem nicht sein muß. Liebe und Sex sind erst einmal zwei völlig verschiedene Paar Schuhe.

Die Komplikationen mit und die Hilflosigkeit gegenüber der Verbindung von Sex und Liebe drücken sich ja schon in der Sprache aus. Kein Thema ist derart von Euphemismen, also von schönfärberischen und verharmlosenden Bezeichnungen durchsetzt, wie der Geschlechtsverkehr, die Genitalien, ja die Sexualität überhaupt. Sehr deutlich wird dabei zwischen einer Hochsprache und einer Vulgärsprache unterschieden. Diese Teilung entspricht ziemlich genau der wertenden Unterscheidung in Sex mit Liebe auf der einen Seite und Sex ohne Liebe auf der anderen, also sauberen Sex und schmutzigen Sex. Geradezu linkisch wird in einem Fall von „miteinander schlafen", von „beiwohnen", „verkehren" und anderen nebelhaften Umschreibungen geredet, während im anderen Fall „gefickt", „gevögelt" oder „gebumst" wird. Auch den Geschlechtsteilen ergeht es nicht anders. Als „reine" Bezeichnungen läßt man medizinische Termini wie „Vulva" oder „Vagina" gelten, wenn man sich nicht ohnehin in kindlich-niedliche, wie „Muschi", oder lyrische und blumige Ausdrücke wie zum Beispiel „Honigtöpfchen" oder ähnliches rettet. „Möse", „Fotze" und dergleichen Deftigkeiten dagegen sind mit einem weitverbreiteten Tabu belegt und finden erst zögernd Eingang selbst in die intime Paar-Konversation. Hinzu kommt, daß viele Frauen Schwierigkeiten haben, diese von ihnen als männliche Ausdrücke empfundenen Wörter für sich selber zu benutzen. Vielleicht führen wir ja mal irgendwann das indische Wort Yoni für dieses wunderbare Körperteil ein, wer weiß.

Sogar die von uns als heißblütig und sexuell aktiv angesehenen Italiener tun sich mit eindeutigen sexuellen Bezeichnungen offensichtlich schwer. Selbst in den bekannten Porno-Comics wird im Sprechblasentext zu allerdeutlichsten Darstellungen nur umschrieben und verschwommen angedeutet. Das Französische redet von „baiser", was unter Umständen zu peinlichen Mißverständnissen Anlaß geben könnte, wenn eine Frau wirklich nur einen Kuß haben möchte. Gut, aber die Franzosen werden damit schon zurechtkommen, denke ich. „Faire l'amour" ist die allgemeinste Umschreibung, die dem angelsächsischem „make love" und dem, von diesem übernommenen, deutschen „Liebe machen" entspricht.

In seinem Roman „Die Fermate" stellt Nicholson Baker ein junges Paar vor, das von sich sagt: „Wir haben uns in den letzten zwei Monaten zweiunddreißigmal geliebt". Man weiß zwar, daß damit gemeint ist, daß sie so und so oft miteinander gevögelt haben, trotzdem bleibt der Aberwitz, daß es sich so anhört, als hätten sie sich in der Zwischenzeit nicht geliebt, als seien sie sich in der Zwischenzeit gleichgültig gewesen oder hätten sich sogar gehaßt.

Apropos Liebe machen: die angelsächsische Welt scheint ihre besonderen Schwierigkeiten mit der Sexualität zu haben. Nehmen wir zum Beispiel England. Alle Nase lang wird dort die Oberschicht von sogenannten Sex-Skandalen durcheinandergeschüttelt, über die man auf dem Kontinent eigentlich nur kopfschüttelnd kichern kann. Aber erst Amerika. Wir sehen in Amerika gerne New York oder Los Angeles. Dabei ist es vor allem ein Land mit flächendeckender Prüderie und Bigotterie, geschlagen mit eifernden religiösen Scharlatanen und fundamentalistischen Anti-Sex-Aposteln. Daran ändern auch die wenigen schillernden Metropolen nichts, die in allem das genaue Gegenteil scheinen. Schon einen fluchenden Amerikaner zu hören, ist bezeichnend: „Oh fuck this fuckin' fucker's fucking car". Aus dieser Kultursphäre kommt jenes ominöse „make love", in dem sich die fatale Synonymität von Liebe und Sex manifestiert. Wenn aber Liebe und Sex als ein und dasselbe gesehen wird, dann müßte eigentlich Liebe nach angelsächsischem Maßstab ebenso „schmutzig" sein wie Sex, und der amerikanische Autofahrer könnte genauso fluchen: „Oh love this lovin' lover's loving car". Doch dies nur am Rande.

Die Paarbeziehung wird spätestens seit der Romantik mit Liebe identifiziert und die Liebe mit den großen Gefühlen. Dasselbe gilt für die Sexualität. War sie vordem einer der menschlichen Triebe, der zwar aus religiösen und machtpolitischen Gründen gegängelt oder gar unterdrückt wurde, so sah man die Sexualität seit der Romantik mehr und mehr als Unterfunktion der Liebe. Dabei ist es unerheblich, daß früher wie später Sexualität nur in der Ehe geduldet wurde. Entscheidend ist ihre Verknüpfung. War sie bisher mit dem Animalischen verbunden, das im christlichen Leben gezügelt oder unterdrückt werden sollte, so wurde sie nun als Gipfel der Liebeserfüllung verklärt. Durfte sie vorher durchaus derb und direkt sein, so wurde sie nun vergeistigt und veredelt.

Im Prinzip änderte sich zwar wenig, ungehinderte Sexualität war so und so nicht gestattet, und der Umgang mit ihr war weiterhin vielfältigen moralischen und ethischen Restriktionen unterworfen. Als aber im 20. Jahrhundert der Einfluß der kirchlichen Morallehre mehr und mehr schwand, und somit ein freierer Umgang mit der Sexualität möglich wurde, blieb doch die Verknüpfung mit der Liebe und den großen Gefühlen bestehen. Diese Kombination wurde besonders den Mädchen eingetrichtert. Gerade die Frauen, so die herrschende Vorstellung, sollten Trägerinnen einer kindlichen Reinheit und Wahrerinnen der großen Gefühle sein und bleiben. Die Frauen waren sozusagen für das Gute im Menschen zuständig. Das sitzt so tief, daß selbst die sich emanzipatorisch verstehenden Feministinnen lange Zeit das Lied von der Frau als dem besseren Menschen gesungen haben.

Zwei Äußerungen: ein Freund sagte einmal zu mir, er könne am besten mit Frauen schlafen, die er nicht liebe. Seine Freundin sagte mir ein paar Tage später, sie könne nur mit jemandem schlafen, den sie liebe. Machte man eine Untersuchung, so spiegelte sicher ein hoher Prozentsatz der befragten Männer und Frauen genau diese „geschlechtsspezifischen" Auffassungen wider. Trotzdem halte ich zumindest die Aussage der Frauen für eine anerzogene und verinnerlichte Reaktion. Beispiele von sexuell aktiven Frauen zeigen nämlich, daß sie größeres Vergnügen haben, wenn sie nicht durch „sachfremde" Emotionen gebunden sind. Das angeblich teuerste Callgirl der Welt, Carina B., die Preise von 3000 für die Stunde und 14 000 DM für die Nacht verlangt und bekommt und die diese Spitzenposition ihrer Meinung nach nur deshalb einnehmen konnte, weil sie anders als viele ihrer Kolleginnen, wirklich hemmungslos geil sei, sagte in einem Interview mit der Zeitschrift Cosmopolitan, daß sie garantiert jedesmal einen echten Orgasmus habe, egal mit wem, außer, wenn sie verliebt sei.

Ich möchte deshalb die These wagen, daß für die angeblichen Orgasmusschwierigkeiten der Frauen weniger Streß, unfähige Männer oder sexuelle Unerfahrenheit verantwortlich sind, sondern hauptsächlich die fatale Verknüpfung des körperlichen Erlebens mit gesellschaftlichen, ethischen und romantischen Vorstellungen und Erwartungen.

Diese Verknüpfung führt unter anderem auch dazu, die Sexualität vollständig überzubewerten und ihr Funktionen zuzuweisen, die sie nie und nimmer erfüllen kann. Liebe, so heißt es heute häufig, ist, wenn's im Bett klappt. Und umgekehrt: wenn's im Bett nicht mehr klappt, ist auch die Liebe dahin. Nichts ist oberflächlicher als das. Nicht nur ist die Liebe in einer Beziehung einer stetigen Wandlung unterworfen, auch die Schwerpunkte verschieben sich , und je länger man zusammen ist, desto mehr werden andere Punkte wichtiger als ausgerechnet die Sexualität. Auch die Sexualität ist Wandlungen unterworfen. Dem Heißhunger der ersten Jahre folgt meistens eine Krise, die wir in einem späteren Kapitel noch behandeln werden. Danach findet man dann oft zu einer der jeweiligen Lebenssituation angemessenen Form der Sexualität zurück. Außerdem ist die Liebe ein komplexes Geflecht von Emotionen, das sich nicht auf einen Aspekt des Lebens reduzieren läßt, ohne gründlich Schaden zu nehmen. Die Geschichte von Eva, die ich gleich zur Illustration erzähle, zeugt davon.

Aber auch die Sexualität ist kein homogenes Gefühl oder Bedürfnis. Neben dem Geschlechtsverkehr als entspanntes körperliches Vergnügen gibt es immer auch noch die sexuelle Neu-Gier und die pure Geilheit, ganz unabhängig vom jeweiligen Partner. Anders ausgedrückt erschöpft sich Sexualität nicht in der trauten Zweisamkeit. Die paarorientierte Geschlechtlichkeit ist nur ein Aspekt des Phänomens. Ein anderer Aspekt ist die ureigene, ungebundene Sexualität, die sich in Phantasien, in der Lust am eigenen Körper und der Versuchung, auf andere Partner einzugehen, äußert. Sexualität ist in erster Linie eine Komponente des Ichs, der eigenen Persönlichkeit, und als solche kommt sie auch in der Beziehung zum Tragen. Aber hören wir erst einmal, wie versprochen, von Eva.

Eva ist eine junge, intelligente und beruflich erfolgreiche Frau von Mitte Dreißig, und sie vögelt wirklich sehr gerne, um das mal ganz unverblümt zu sagen. Dementsprechend war sie auch schon mit etlichen Männern zusammen, die, wie sie es ausdrückt, „alle Helden waren". Damit meint sie, daß mit ihnen gut liegen, stehen und sonstwas war.

Zwischendurch ist sie dann einem begegnet, der offensichtlich nicht so „heldenhaft" war, und den sie geheiratet hat. Seine mangelnde Fähigkeit auf der Bettstatt ist ihr wohl erst später aufgegangen. Jedenfalls hat sie sich dann nach einigen Jahren wieder von ihm getrennt. „Das passiert mir nicht noch mal" meinte sie und fügte den erwähnten Spruch hinzu: „Wenn's im Bett nicht klappt ..." Im Nebensatz kam dann heraus, daß ihr Mann hauptsächlich psychische Probleme hatte, zu denen sie nichts zu sagen wußte, und die so weit eskalierten, daß er in stationäre Behandlung mußte.

Kurz danach lernte sie einen anderen Mann kennen, bei dem es im Bett wieder klappte – ach was, nicht nur im Bett. Schon im Fahrstuhl eines Münchner Nobelhotels, in dem sie sich begegneten, wären sie beinahe „zur Sache" gekommen. Es folgten sieben lange Jahre, die angefüllt waren mit Liebe – und mit Sex. Sie sagte es ja, wenn's im Bett klappt, klappt's auch in der Liebe, logo. Doch im siebten Jahr (ich weiß, es ist berüchtigt) zerstritten sie sich wegen einer scheinbaren Lappalie beim Hauskauf. Sie zerstritten sich dabei so gründlich und waren so unfähig, miteinander zu reden und ihre gegenseitigen Standpunkte zu verstehen, daß die sieben schönen Jahre in kürzester Zeit in einen Trümmerhaufen zusammenfielen. Der Streit offenbarte, daß ganz grundsätzliche Beziehungsmechanismen nicht verstanden waren, ganz entscheidende Beziehungsprobleme nicht geklärt, und die Auseinandersetzungskultur ziemlich unterentwickelt war. Sie hatten weder gelernt, ihre verschiedenen Bedürfnisse zu tolerieren noch aufeinander zuzugehen. Waren nicht in der Lage, hinter dem vordergründigen Streitauslöser Hauskauf, all die kleinen ungeklärten Unstimmigkeiten zu entdecken und zu bearbeiten. Alles was funktionierte war letzlich der Sex. Sie waren in gewissem Sinne über die Flitterwochen gar nicht hinausgekommen, hatten keine wirkliche Alternative für ihr Miteinander ausgebildet. Nichts, was sie sonst noch verband.

Gut, so was kommt vor, gar nicht so selten sogar, und beim nächstenmal kann man versuchen, es besser zu machen. Wenn es denn ein nächstes Mal gibt.

Jetzt mag es für Sie vielleicht so aussehen, als hielte ich Liebe generell für einen sexuellen Hinderungsgrund. Das ist aber überhaupt nicht so. Deshalb will ich Ihnen schnell noch zwei Beispiele erzählen, in denen die Liebe, daß heißt das tiefe Einverständnis und die emotionale und körperliche Übereinstimmung genau das waren, was die Sexualität beflügelte und zu außergewöhnlichen Höhen trieb.

Yvonne war 28, als sie sich in einen Mann verliebte, der für sie zu ihrem anderen Selbst wurde. Gemäß dem alten Bild des griechischen Philosophen Plato, wonach Mann und Frau einstmals ein gemeinsames Wesen waren, daß einmal geteilt, fortan ständig auf der Suche nach seiner anderen Hälfte ist, erlebte sie sich mit diesem Mann als vollständig und rund. Sie hatte das Glück, ihren ersten Geschlechtsverkehr mit einem Mann zu erleben, der äußerst einfühlsam und liebevoll war. Daher hatte sie keine Angst vor Sex und keine Hemmungen, sich beim Vögeln total hinzugeben und von der Welle der Erregung tragen zu lassen.

Ihr neuer Geliebter wurde für sie zu einem Adonis, den sie nicht nur stundenlang betrachten, sondern dessen Wärme und Geruch, ja Duft, sie in regelrechte Ekstase trieb. Mindestens dreimal täglich mußte sie mit ihm schlafen, so sehr genoß sie das Gefühl ihrer plötzlichen Vollständigkeit. Dem Gleichklang der Gefühle, der Seele, entsprach die Einheit der Körper. Beide konnten sich zeitweilig, bei aller Unterschiedlichkeit der Charaktere, vollständig ineinander verlieren. Die Sehnsucht nach Körperlichkeit war für Yvonne, die eher konservativ erzogen worden war, überwältigend, und es war gar keine Frage, daß sie jedesmal, wenn sie mit ihrem Geliebten ins Bett ging, einen umfassenden Orgasmus erlebte.

Diese große Übereinstimmung empfand auch Petra, eine 22jährige Sekretärin. Sie lebte seit einiger Zeit mit einem Mann zusammen, der äußerst impulsiv war. Einerseits erlebte und genoß sie mit ihm eine wilde und heftige Sexualität, andererseits wurde sie von ihm hin und wieder ziemlich brutal geschlagen. So flüchtete sie sich immer mal wieder vor ihm zu Freundinnen. Bei denen wohnte sie und kurierte dort ihre Blessuren aus. Jedesmal war sie fest entschlossen, sich diesmal wirklich von ihm zu trennen. Nach einer Weile aber fühlte sie sich wieder dermaßen zu ihm hingezogen und war so abhängig, daß sie alles vergaß und zu ihm zurückkehrte. Das änderte sich erst, als sie in einer neuen Firma einen der leitenden Angestellten kennenlernte. Dieser andere Mann war für sie etwas völlig Neues. Einerseits war er selbstbewußt und tüchtig und leitete seine Abteilung mit Umsicht und Geschick – das war ihr an Männern nicht neu – andererseits aber war er sensibel und gebildet und behandelte Frauen mit großem Respekt und Verständnis. Das war neu für sie. In seiner Gegenwart fühlte sie sich ungeheuer wohl, und sie riß sich förmlich darum, für ihn zu arbeiten. Im Verlauf von vierzehn Tagen hatte sie sich heftigst in ihn verliebt. Es dauerte nochmals vierzehn Tage, bis auch er sich ihr zuwandte. Petra hatte ihren Traummann gefunden. Von nun an trafen sich die beiden häufig nach Feierabend, um miteinander zu reden. War Sex für sie bisher immer verbunden gewesen mit betäubender Rockmusik und bis zum Extremen gehendem körperlichem Gerangel, so fand sie es plötzlich ungeheuer erotisch, lange und intensive Gespräche über Kunst und Philosophie zu führen. Spätestens nach einer Viertelstunde des

Gedankenaustausches war sie richtig naß. So war es auch, als sie zum erstenmal bei ihm zu Hause war. Diesmal blieb es nicht dabei, daß sie ihn mit schmachtenden Augen verschlang, diesmal ging sie ihm nach einer Stunde an die Hose. Wenige Minuten später lagen sie auf dem Boden und fickten wie besessen. Sie berichtete, daß sie noch nie so umfassend erregt gewesen war. Die Verbindung von körperlichem Begehren und geistiger und seelischer Übereinstimmung führte bei ihr dazu, daß es ihr schon nach wenigen Minuten heftig kam. Sie bog ihm dabei ihren Unterleib entgegen und ihr Körper versteifte sich. Ein kaum erträgliches Kribbeln und Pochen durchzog ihren Leib und explodierte dann in rhythmischen Hitzewellen. Sie fühlte sich wie in Trance. Nach weiteren Minuten kam es ihr zum zweitenmal und auch er hatte einen Orgasmus. Erschöpft streichelten sie sich und nahmen ihr Gespräch wieder auf. So ging das in stündlichem Abstand: reden, vögeln, reden und wieder vögeln, die ganze Nacht.

Sie war so offen für ihn, weil, wie sie sagte, sie sich ihm auch emotional weit öffnen konnte. Sie hatte überhaupt keine Vorbehalte, fühlte sich verstanden und angenommen und war in der Lage, ihm Dinge anzuvertrauen, die sie bisher noch niemandem erzählt hatte. Ihr Dialog wechselte ganz automatisch vom Gespräch in die Körperlichkeit und wieder zurück. Und das blieb auch in der Folgezeit so.

Die großen Gefühle

Man soll vom Sex nicht zuviel verlangen. Ihn ausschließlich für Gefühlssensationen zu mißbrauchen, führt irgendwann zu seiner Beschädigung.

Wenn schon nicht mit Liebe, so soll Sexualität doch wenigstens mit großen Gefühlen verbunden sein. So eine landläufige Meinung. Sex als einfaches und angenehmes Vergnügen scheint banal zu sein und durchaus verzichtbar. Es ist, als wolle man die Nahrungsaufnahme nur in Form von Gala-Diners gelten lassen. Sie mögen diesen Vergleich vielleicht etwas abwegig finden, es zeigt sich jedoch immer wieder, daß das Essen und der Sex merkwürdig viele Gemeinsamkeiten haben und diese durchaus zur gegenseitigen Erläuterung taugen.

In den Bereich der großen Gefühle gehören all die Sehnsüchte nach aufwühlenden Erlebnissen. Die Träume von außergewöhnlichen Sexualpartnern, die Vorstellungen vom ultimativen Kick mit Dauerorgasmus. Nichts gegen Träume und nichts gegen Sensationen. Sie können aber, das liegt in ihrer Natur, nur Ausnahmen sein, nicht die Regel. Wer das Außergewöhnliche zu seinem Maßstab macht, darf sich nicht wundern, wenn er sein tägliches Leben als fad und langweilig empfindet. Das Leben schrumpft unter solchen Vorzeichen zu einem grauen Brei mit wenigen Rosinen zusammen. Das können wir doch nicht wirklich wollen – oder? Schließlich bezeichnen wir ganz zu Recht gerade solche Menschen als Lebenskünstler, denen es gelingt, aus ihrem Alltag das Beste zu machen, die das Hier und Heute genießen und als Fest gestalten können. Wer sagt, nur diejenigen sexuellen Erlebnisse, bei denen man sich vor lauter Emotion und Durchwühltheit nicht zu lassen weiß, zählten, und alles andere könne man sich genausogut schenken, verkennt die Bedeutung der Sexualität für unser Leben und unser körperliches Wohlbefinden. Es bedeutet eine Überfrachtung und Überbewertung der Sexualität, genauso, wie wenn man sie zum Dreh- und Angelpunkt für die Liebe macht.

Unsere sensationsgeile Zeit mit ihren tausenderlei Verlockungen zum Außergewöhnlichen verleitet viele zu der Auffassung, daß nur das Extreme wirklich zählt. Das merkwürdige „Guinness-Buch der Rekorde" oder zum Beispiel Bungee-Springen sind deutliche Zeichen dafür. Alle rennen dem Wahnsinnserlebnis hinterher, vor dem alles andere verblaßt. Auch beim Sex. Der unerhörte Kitzel von Sex in der Öffentlichkeit, Sex auf dem Montblanc, Fickwettbewerbe bei denen eine Frau sich nacheinander von 100 oder mehr Männern besteigen läßt und ähnliche Monströsitäten sind nur die Spitze des superlativen Eisbergs. Daß bei all diesen Beispielen eher ein Guinness-Buch-Bedürfnis statt ein sexuelles befriedigt wird scheinen diese Leute zu vergessen. Große Gefühle, Sensationen sind eine Sache, Sexualität eine andere. Beides kann zusammenfallen, muß es aber beileibe nicht. Sexualität ist eher eine Angelegenheit der ruhigen Übereinstimmung, wenn sie wirklich einen befriedigenden Verlauf nehmen soll. Zwar erinnern wir uns besser an irgendwelche aberwitzigen Highlights, doch geht es beim Sex nicht eigentlich um Highlights, weder um romantische noch um sensationelle, sondern um tiefe körperliche Befriedigung.

Wir wissen mittlerweile, wie wichtig die Selbstbefriedigung für unseren Gefühlshaushalt ist, daß sie ein ganz eigenständiger Teil unserer persönlichen Sexualität und alles andere als ein notgedrungener Ersatz ist. Wir wissen auch, daß sie trotz aller früheren Restriktionen und trotz aller Scham, sie zuzugeben, seit jeher regelmäßig praktiziert wird. Und doch käme niemand auf die Idee, sie unnötig mit großen Gefühlen zu belasten, von ihr sensationelle Erlebnisse zu erwarten. Natürlich kann man sich auch dabei hin und wieder ein persönliches kleines Festival arrangieren, doch in der Regel gleicht sie eher einer ganz normalen Mahlzeit.

Große Gefühle haben eine tiefe Wirkung auf unser Leben. Sie haben das Zeug, unser Leben umzukrempeln und auf den Kopf zu stellen. Sie sind unbedingt notwendig, keine Frage. Nur wollen wir ja nicht bei jedem sexuellen Beisammensein unser Leben ändern oder ihm eine neue Richtung geben. Genausowenig aber sollten wir in den langen Zeiten zwischen solchen phantastischen Erlebnissen auf einfache, angenehme und unsensationelle partnerschaftliche Sexualität verzichten.

Angst und Lust und Frust

Die Vertracktheit von Sexualität zeigt sich vor allem in unseren diversen Ängsten. Sex ist weitaus mehr, als nur Schmusen und Liebsein.

Die Psychologin Mary Jane Sherfey beschreibt die Sexualität der Frau als: „Insatiation in sexual satiation" (Unersättlich, noch in der sexuellen Sattheit). Zwar sehen Sexualforscher wie Gunther Schmidt, in der schier unendlichen Orgasmusfähigkeit der Frau eher eine Metapher für die Konsummöglichkeit ohne Ende. Er wittert hinter diesem Bild lediglich die Ideologie der hochindustrialisierten Überflußgesellschaft. Denn, so sagt er: „Wären alle Bedürfnisse so wie die multipel orgastische Sexualität, so unstillbar oder nur schwer zu stillen, wir wären im kapitalistischen Paradies der Warenverkäufer – unerschöpfbar konsumfähig." Ganz unberechtigt ist seine Kritik wohl nicht, auch wenn sie mir etwas zu sehr seiner 68er Herkunft geschuldet scheint. Wie auch immer, trotzdem ist dieses Bild weiblicher Sexualität nicht neu und durchaus kein Produkt kapitalistischer Verhältnisse. Zwar war diese sexuelle Unersättlichkeit, die man den Frauen schon im Mittelalter nachsagte, auch damals nicht ideologiefrei, schließlich eignete sie sich in einer sexualfeindlichen Gesellschaft hervorragend zur Verteufelung des Weibes, doch war die Vorstellung nicht aus der Luft gegriffen, denn sie durchzieht, wie ein roter Faden, die Geschichte, von Anbeginn an.

Wo aber ist diese Kraft zur überbordenden Sinnlichkeit der Frauen geblieben? Warum heißt es in der Sexualpsychologie, daß die Mehrheit der Frauen Schwierigkeiten mit dem Orgasmus, ja sogar mit der Sexualität überhaupt hat?

Die Antwort darauf dürfte nicht allzu schwer fallen. Während der großen „Hexen"-Verfolgung, besonders im 17. Jahrhundert, wurde mit den sogenannten weisen Frauen nicht nur das seit der Antike überlieferte Wissen um Empfängnisverhütung ausgerottet, sondern auch jegliche Form von weiblicher Unabhängigkeit, gerade auf sexuellem Gebiet, mit dem Tode bestraft. Von da an war die Frau endgültig zur Gebärmaschine degradiert, zum reinen sexuellen Objekt. Jedes geschlechtliche Beisammensein war gezeichnet von der Last einer erneuten Schwangerschaft und den oft lebensbedrohenden Gefahren einer weiteren Geburt. Der religiöse Eifer auf beiden Seiten, hier der rigorose Puritanismus der Protestanten, dort der bigotte Ketzerwahn der katholischen Gegenreformation, besorgten den Rest, um den Frauen den Spaß am Sex gründlich und langanhaltend auszutreiben. Fortan beherrschte Angst die Frauen. Angst nicht nur vor Schwangerschaft, sondern vor der Sexualität überhaupt. Dieses ist der kulturelle Hintergrund, vor dem man auch all die individuellen Ängste sehen muß, mit denen Frauen noch heute der Sexualität begegnen. Auch die sogenannte „Sexuelle Revolution" hat, wie die britische Autorin Linda Grant resigniert feststellt, am Objektcharakter der Frau nicht viel geändert.

Die Angst der Frauen zeigt sich in verschiedenen Ausformungen. Da ist zum Beispiel die Angst vor dem eigenen

Körper, der fremd und häßlich scheint, in dem man sich nicht wohl fühlt. Dann die Angst vor dem eigenen Geschlechtsteil, das von etlichen Frauen als besonders unästhetisch empfunden wird. Ferner die Angst vor dem männlichen Geschlechtsteil, das bedrohlich erscheint, dessen Berührung unangenehm und dessen Stimulierung mit dem Mund sogar als ekelhaft erlebt wird. Auch die Angst vor dem Geschlechtsakt, peinigt viele Frauen, die dabei fürchten, ihre Selbstkontrolle oder erreichte Unabhängigkeiten zu verlieren. Angst schließlich vor Versagen, Angst vor Demütigung, Angst vor körperlicher und seelischer Verletzung. Viele der Frauen mit sexuellen Problemen haben traumatische Erfahrungen hinter sich: vom unsensiblen, selbstsüchtigen Partner, über Vergewaltigung, bis hin zum sexuellen Mißbrauch in frühen Jahren. Angst muß jedoch nicht unbedingt oder folgerichtig zu sexuellen Störungen oder Orgasmusproblemen führen. Angst kann sogar ein enormer Kitzel und eine sexuelle Stimulanz sein.

Es ist auffallend, wie verbreitet gerade masochistische Phantasien bei Frauen sind. Darin zeigt sich auch die jahrhundertelange Erziehung zur Passivität, die eine der Hauptverantwortlichen für die Schwierigkeiten mit dem Sex und mit dem Orgasmus bei Frauen ist. Selbst bei Frauen, die das sind, was man als eine geile Frau bezeichnet, findet man diese „devote" Haltung in den Phantasien, aber auch ein ebensolches Verhalten in der Praxis, nämlich alles zu machen und wenn es das Ausschweifendste ist, solange sie dafür nicht selbst verantwortlich sind, sondern vom Partner oder sonstwem dazu angehalten werden. Nun sind sexuelle Phantasien und Vorlieben nicht so ohne,Weiteres zu entschlüsseln, wenn überhaupt. Zumindest nicht mit der etwas einfältigen freud'-schen Methode: Sag mir deine Phantasien, und ich sage dir, welche Defizite du in deiner Kindheit hattest. Die technische Seite der Sexualität ist in den letzten Jahrzehnten umfassend analysiert worden, angefangen von der Herzfrequenz beim Orgasmus bis etwa zu der Anzahl der Schweißtropfen auf der Stirn, die seelische Seite jedoch unterliegt nach wie vor einem allgemeinen Rätselraten. Man ist da schnell bei der Unterscheidung in „richtigen" und „falschen" Sex, die überhaupt nicht weiterhilft. Wenn wir nun schon mal dabei sind, kann ich Ihnen ja mal drei Fälle schildern, in denen Unterwürfigkeit eine mal große, mal kleine Rolle spielt, aber zum entscheidenden Auslöser für sexuelle Lust wird. Der erste Fall macht es relativ leicht, der Verlockung zu erliegen, die heutige sexuelle Neigung der betreffenden Frau als Folge der traumatischen Kindheits- und Jugenderlebnisse zu sehen, die anderen Beispiele sind dagegen nicht so eindeutig.

Carola ist jetzt 27 Jahre alt und arbeitet in einem größeren Kaufhaus als Verkäuferin. Sie ist geschieden und hat ein Kleinkind. Sex spielt für sie eine enorme Rolle und da sie alleine lebt, macht sie es sich mehrmals täglich selbst. Zu Hause läuft sie meistens splitternackt herum und schaut sich extreme Pornovideos mit harten Vergewaltigungsszenen an, die sie sich über dunkle Kanäle besorgt hat.

Als sie 15 Jahre alt war, verliebte sie sich in Peter, einen jungen Wehrpflichtigen, mit dem sie sich unter großen Heimlichkeiten zu Hause traf. Ihre Eltern waren beide berufstätig und kamen immer erst gegen 19 Uhr heim. Ihr acht Jahre älterer Bruder, den sie als brutales und versoffenes Schwein bezeichnet, und dem sie aus dem Weg ging, weil er sie schon des öfteren brutal geschlagen hatte, war arbeitslos und meist mit einem Kumpel auf Sauftour.

Durch den Freund lernte sie pornografische Heftchen kennen, die sie sehr erregten und an denen sie sich, wenn sie nachts allein im Bett lag, aufgeilte. Besonders jene harten Kriegspornos, die ihr Freund von den Amerikanern hatte und in denen Frauen und Männer gefoltert und zu extremem Sex gezwungen wurden, machten sie unbändig geil.

In den Ferien, in denen ihre Eltern für drei Wochen nach Jugoslawien gefahren waren und ihr Bruder mit einigen Freunden an die Ostsee, nutzten sie und ihr Freund die sturmfreie Bude, um sich sexuell auszutoben. Dabei stellten sie besonders gerne Szenen aus den Heften nach. Allerdings ging es dabei nie brutal oder mit Zwang zu. Es war eben alles nur ein Spiel.

Am dritten Abend, Peter lag gerade gefesselt auf dem Bett und Carola blies ihm einen, stand plötzlich ihr Bruder und sein Kumpel in ihrem Zimmer. Den beiden war das Geld ausgegangen, und so waren sie vorzeitig zurückgekommen. Noch ehe Carola reagieren konnte, schlug der Bruder derart zu, daß sie im hohen Bogen vom Bett flog, dann fiel er über Peter her und hätte ihn, wäre sein Kumpel nicht dazwischengegangen, totgeschlagen. So jedenfalls war ihr Eindruck, denn Peter konnte sich, da er mit allen vieren ans Bett gefesselt war, nicht wehren. Peter mußte schwören, daß er sich nie wieder mit Carola treffen würde, andernfalls bekäme er eine Anzeige wegen der verbotenen Heftchen und wegen Sex mit einer Minderjährigen und lande im Knast. Er mußte sofort das Haus verlassen.

Nach etwa einer Stunde, sie lag heulend auf ihrem Bett, kam ihr Bruder mit seinem Kumpanen wieder ins Zimmer und erklärte, sie würden sie jetzt zu ihrer Sexsklavin machen, ob sie das wolle oder nicht. Ihr Einwand, er sei doch ihr Bruder, erntete nur Gelächter. Sie wurde ans Bett gefesselt und von den beiden die ganze Nacht lang auf alle möglichen und unmöglichen Arten vergewaltigt. Sie hatte eine wahnsinnige Angst und fürchtete fast um ihr Leben, denn wenn sie etwas nicht sofort machte oder mit sich machen ließ, wurde sie brutal geschlagen.

Irgendwann hatte ihr Bruder einen Fotoapparat geholt und die einzelnen Szenen fotografiert. Er achtete darauf, daß weder zu erkennen war, daß sie gefesselt war, noch mit wem sie es gerade treiben mußte. Mit diesen „Beweisfotos" im Hintergrund zwang er sie dann fast drei Jahre lang, ihm und seinen diversen Freunden zu jeder ihm passenden Gelegenheit, zu Willen zu sein.

Solche Szenen füllen nun ihren Kopf, wenn sie sich ihren Phantasien hingibt und dabei bis zum Exzeß onaniert. Ohne sie findet sie Sex langweilig und hat dann auch keinen Orgasmus.

Die 22jährige Zahnarzthelferin Gabi, die von sich sagt, daß sie ein unheimlich geiles Mädchen sei, war 16, als sie in den Sommerferien nach England zu einer Freundin ihrer Mutter, die mit einem Engländer verheiratet war, fuhr. Zum einen, um an den Wochenenden auf das Baby aufzupassen, zum anderen, um ihr Englisch zu verbessern. Der Mann hatte auch noch einen Sohn aus erster Ehe, der studierte und an den Wochenenden manchmal nach Hause kam. Er war damals 22 Jahre alt , groß und kräftig. Zu der Zeit war sie mit einem liebevollen und zärtlichen jungen Mann befreundet, dem sie von England aus lange und romantische Briefe schrieb.

An einem Wochenende, die Eltern waren nicht im Haus, mußte sie das Baby hüten und Anthony, der Sohn war zu Hause. Das Baby war gerade am Einschlafen, als er in das Zimmer kam, sich hinter sie kniete und einfach, ohne ein Wort zu sagen, ihr T-Shirt hochschob. Er befühlte ihre Brüste, streichelte die Nippel und kniff auch mal hinein, daß sie bald hart und erregt in die Luft standen. Gaby war wütend auf ihn und hätte ihm am liebsten sofort eine geknallt, doch dann wäre das Kind aufgewacht und sie hätte noch Stunden bei ihm sitzen müssen. Es war aber auch nicht gerade unangenehm für sie, denn so hatte noch niemand ihre Nippel bearbeitet. Also sagte sie kein Wort und hielt still.

Nach einer Weile ging er hinaus und ließ sie einfach mit entblößten Brüsten sitzen. Als das Baby fest eingeschlafen war, rannte Gaby wutentbrannt ins Wohnzimmer, stürzte sich auf Anthony und knallte ihm eine. Der jedoch hielt lachend mit nur einer Hand ihre beiden Handgelenke fest und sagte, er würde ihr jetzt mal zeigen, wie Engländer mit kleinen, frechen Mädchen umgehen. Mit der anderen Hand öffnete er ihre Jeans und zog sie mit einem Ruck und mitsamt dem Höschen runter. Dann legte er sie über seine Knie und versohlte sie.

Zu ihrem anfänglichen Ärger bekam sie durch die Schläge auf einmal ein, wie sie es nannte, unheimlich geiles Gefühl und wurde klitschnaß. Als Anthony das merkte, befahl er ihr, sich hinzuknien und drang von hinten in sie ein. Schon da bekam sie ihren ersten Orgasmus und bald darauf weitere. So etwas hatte sie noch nie erlebt, schon gar nicht, daß es ihr mehrmals kam. Sie war wie verwandelt.

Als er fertig war, streichelte sie ihn und erregte ihn von neuem und trieb es mit ihm noch die ganze Nacht. In den nächsten Tagen ärgerte und neckte sie Anthony, wo sie nur konnte, und er zeigte ihr, wie sie es ausdrückte, noch mehrmals, wie Engländer mit kleinen, frechen Mädchen umgehen. Sie hatte sich bis über beide Ohren in ihn verliebt.

Als sie kurz darauf wieder nach Hause kam, machte sie mit ihrem Freund, ihrem ersten festen übrigens, Schluß. Der verstand die Welt nicht mehr. Seine Liebheit und Zärtlichkeit gaben ihr nach dem Englanderlebnis nichts mehr. Und so machte sie sich auf die langwierige Suche nach einem Mann, der „richtig mit ihr umgehen" konnte. Nach einigem Ausprobieren hat sie dann ihren jetzigen Mann gefunden.

Wichtig und Voraussetzung für ihre sexuelle Lust ist, daß ein Mann sexuell über sie verfügt und sie in Situationen bringt, für die sie sich eigentlich furchtbar schämt oder die ihr Angst machen. Das sind besonders Situationen, in denen sie vor Fremden sexuell agieren muß.

Meistens jedoch führen Ängste, Befürchtungen oder Scham nicht zur Lust, sondern verhindern sie. In einem leichten Fall, wie dem von Angelika, ist es die Angst, den Mann sexuell zu enttäuschen und deshalb nicht geliebt oder verlassen zu werden. Angelika ist jetzt 29 Jahre alt und studiert Altphilologie. Zwar leidet sie erheblich unter ihrer Orgasmusunfähigkeit beim Vögeln, tröstet sich aber damit, daß angeblich viele Frauen erst ab dem 35. Lebensjahr einen sogenannten vaginalen Orgasmus erleben und sie deshalb noch gute Chancen hat, auch mal einen zu bekommen.

Sie hat eine langjährige Beziehung zu einem sehr attraktiven Mann hinter sich, der sie jedoch zunehmend mit anderen Frauen betrog. Obwohl sie diesen Mann heute im nachhinein als menschliches Schwein empfindet, wird sie den Gedanken nicht los, daß es eigentlich ihre „sexuelle Unfähigkeit" gewesen ist, die ihn in andere Betten getrieben hat. In der sexuellen Situation ist sie daher sehr auf die Ansprüche des Partners fixiert, die sie ängstlich zu erfüllen versucht, bis hin zum Vorspielen von Leidenschaft und Orgasmus.

Ihr derzeitiges Alleinsein kann sie nur schwer ertragen und sucht, durch vermehrte sexuelle Kontakte, Identität und Geborgenheit zu finden. Gerade in Krisenzeiten, in denen sie sich ihrer Selbst unsicher ist, sich alt und verbraucht vorkommt, braucht sie, wie sie sagt, sehr viel Sex und setzt sich dafür sogar Situationen aus, von denen sie weiß, daß sie sie emotional eher stark belasten.

Auffällig ist, daß sie Schwierigkeiten mit ihrer Rolle als Frau hat. Einerseits betont sie ihr Frausein sehr und besteht darauf, in der Uni als Frau und nicht als Studentin gesehen zu werden, andererseits fühlt sie sich immer auch wieder als kleines Mädchen und schwankt zwischen diesen beiden Identifikationen hin und her. Manche Ihrer Bemerkungen während des Interviews ließen bei mir sogar die Vermutung aufkommen, sie sei während der Kindheit, wenn auch nicht gerade mißbraucht, so doch auf irgendeine Weise sexuell bedrängt worden.

In schweren Fällen führt die Angst, nicht zu genügen, die Angst, während des Geschlechtsverkehrs die Kontrolle über sich zu verlieren und so zum Beispiel auch emanzipatorische Errungenschaften aufgeben zu müssen dazu, daß die anfängliche sexuelle Lust versiegt, daß sexuellen Situationen zunehmend aus dem Weg gegangen wird oder daß sich gar körperliche Hindernisse einstellen, Unpäßlichkeit, Entzündungen oder sogar Scheidenkrämpfe, weswegen man's dann lieber ganz sein läßt.

Ute, die jetzt Mitte vierzig ist und als Bilbliothekarin in einer großen und angesehenen Bibliothek an leitender Stelle arbeitet, ist seit Jahren mit einem Mann verheiratet, den sie als gebildet und äußerst liebenswert beschreibt. Sie führen, wie sie betont, eine sehr glückliche und harmonische Ehe. War sie anfangs gegenüber seinem sexuellen Begehren recht aufgeschlossen und hatte durchaus auch Vergnügen an für sie ausgefallenen Sachen, wie zum Beispiel Analverkehr, so ließ ihre sexuelle Bereitschaft doch bald deutlich nach. „Eigentlich habe ich kein so ausgeprägtes Eigeninteresse am Sex“ sagt sie, während ihr sehr dagegen sehr viel an Zärtlichkeit und Schmusen liegt.

Irgendwann fühlte sie sich derart von den sexuellen Annäherungen ihres Partners bedrängt, daß allein der zufällige Anblick seiner Morgenlatte bei ihr Panik auslöste. „Meine Güte, jetzt geht das wieder los", so schildert sie ihre Angst.

In großen Abständen schläft sie dennoch mit ihrem Mann, der inzwischen sexuell so frustriert ist, daß er mit Potenzproblemen zu kämpfen hat. Sie kann es dann auch genießen und wird sogar richtig geil. Jedoch kann diese Erregung schlagartig in Widerwillen umschlagen, so daß sie sich mitten im Akt zurückzieht. Ihr Mann weiß so nie, woran er eigentlich ist und hat es mittlerweile selber aufgegeben, sich ihr sexuell zu nähern.

Die Wochenenden, die sie zusammen verbringen, sind wie sie sagt, von einer diffusen Langeweile durchzogen. Einerseits freut man sich auf das Zusammensein, andererseits schleicht man irgendwie verdruckst umeinander herum oder flüchtet sich in gemütliche Ecken zum Lesen.

Mittlerweile meint sie allerdings, ihre sexuelle Aversion mehr oder weniger überwunden zu haben, doch ist die sexuelle Beziehung zwischen den beiden gründlich gestört. Jetzt geht ihr Mann sexuellen Situationen eher aus dem Weg, weil er einen Wust von unguten Erinnerungen und Enttäuschungen mit sich herumschleppt.

Gerade wenn es in der Beziehung Phasen sexueller Schwierigkeiten gegeben hat, und die gibt es fast zwangsläufig immer in einer längeren Beziehung, bauen sich die unterschiedlichsten Ängste in einem auf. Man traut sich zum Beispiel nicht mehr so unbefangen, mit dem Sex anzufangen. Selbst wenn die Schwierigkeiten beziehungsweise die Anlässe, die zu diesen Schwierigkeiten geführt haben, geklärt sind, die Erinnerung an sie bleibt dennoch im Hinterkopf und wird im unpassendsten Moment als Angst wieder aktiv. Äußerungen wie: „Ich hatte schon Lust, hab' mich aber nicht getraut, weil ich dachte, daß er ..." sind dafür ein typisches Zeichen dafür. Hier schieben sich wieder einmal die Bilder in den Vordergrund, von denen ich eingangs geredet habe. Das Bild was wir uns im Laufe der Beziehung von unserem Partner gemacht haben oder auch nur das Bild, was wir von dem sexuellen Konflikt in unserem Kopf haben. Wir meinen aufgrund dieses Bildes genau zu wissen, wie der Partner reagieren wird und scheuen daher das Risiko und eine Abweisung einzuhandeln. Wir trauen uns nicht mehr, trotz dieses Bildes einen Schritt voran zu machen. Das aber sollten wir tun. Der Frust, abgewiesen zu werden, ist schließlich auch nicht schlimmer, als wenn wir uns unser Vergnügen selbst versagen. Wenn wir aber den Mut aufbringen, das Bild beiseite zu lassen und das Risiko einzugehen, so haben wir wenigstens die Chance, den Partner aktuell, wirklich und lebendig zu erleben und auch zum Erfolg zu kommen und so den Teufelskreis der Bilder zu durchbrechen. Ein bißchen mehr Mut, ein bißchen mehr Egoismus und ein bißchen mehr Risikobereitschaft wirken in sexuellen Dingen gerade bei Frauen oft wahre Wunder.

So, jetzt haben wir viel und lange über alles Mögliche geredet. Über Keuschheitsgürtel, Silikonbrüste, Liebe, große Gefühle und Ängste. Nun sollten wir doch mal langsam auf den roten Faden kommen, denn Sie sitzen noch immer da und haben ein Problem mit den Orgasmus. Sie meinen noch immer, Sie hätten Orgasmusschwierigkeiten. Sind Sie sich da wirklich sicher?

Wirklich kein Orgasmus?

Kommen die Männer zu früh oder kommen die Frauen zu spät? Im Lichte der Statistik fallen die Definitionen manchmal recht merkwürdig aus.

Ich weiß ja, daß auch Sie onanieren, masturbieren, wichsen oder wie man das sonst noch nennt. Ich weiß es, weil jeder und jede das tut, mit ganz wenigen Ausnahmen (die aber interessieren sich dann wohl auch nicht für dieses Buch!). Zwar geben es nur 80 Prozent der Männer und 60 Prozent der Frauen zu, doch das ist eine ganz andere Sache.

Also gut, Sie machen es sich selbst und haben dann dabei auch einen Orgasmus. Ja aber, das ist doch ganz etwas anderes, wollen Sie vielleicht gleich einwenden. Wieso ist denn das etwas ganz anderes? Nur weil Sie ihn sich selber machen? Nur weil Sie dabei ganz entkrampft und bei sich sind? Weil Sie Lust haben und keine Hemmungen? Weil Sie niemandem irgend etwas beweisen oder geben müssen? Das alles ist aber doch gerade der Grund, warum Sie ihn kriegen. Der Grund, warum Sie ihn schnell oder langsam, leicht oder heftig bekommen – jedenfalls mit Sicherheit haben. Sie wissen nämlich genau, wo, wie und wann Sie dies oder jenes machen müssen, um in den Genuß eines Höhepunktes zu kommen.

Ein Orgasmus ist, physiologisch gesehen, erst einmal ein Orgasmus und basta. Ja, ich weiß, Sie meinen, Ihr Problem sei, daß Sie ihn mit einem Partner nicht bekommen. Im

Grunde wissen Sie auch warum das so ist. Sie sind dann eben nicht ganz entkrampft und bei sich, haben weniger Lust und dafür um so mehr Hemmungen, müssen jemandem irgend etwas beweisen oder geben. Wenn Sie zum Beispiel beim Vögeln mit den Fingern nachhelfen, glauben Sie, ihren Partner zu betrügen. Wenn Sie aber nicht „nachhelfen", dann betrügen Sie sich, nämlich um ihren Orgasmus. Ist Ihnen eigentlich klar, daß viele Männer es sehr aufregend finden, wenn eine Frau es sich selber macht? Daß man nach einer schönen und lustvollen Vögelei aus dem Finale einen durchaus erregenden extra Akt machen kann?

Sabine, eine 45jährige Psychologin, erzählte mir, daß sie es sich nach einem ausgedehnten sexuellen Miteinander gerne zum Abschluß nochmals „mache". Da sie nur Masturbieren könne, indem sie sich mit seitlich untergeschlagenen Beinen hinhocke und ihre Schamregion durch feste rhythmische Schenkelpressung reize, knie sie sich dazu gerne zwischen die gespreizten Schenkel ihres Partners, der ihr dann währenddessen hingebungsvoll und phantasievoll die empfindlichen Brüste liebkose. Sie brauche diese Bruststimulation, damit es noch schöner wird. So sei auch ihr Partner eingebunden und er würde es als äußerst lustvoll erleben. Am Ende sänke sie dann erschöpft und befriedigt auf seine Brust. So engumschlungen schliefen sie dann häufig ein.

Kein Mensch kann Ihnen vorschreiben, wie und auf welche Weise Sie zum Orgasmus zu kommen haben, und Sie selbst sollten es auch nicht tun. Schließlich handelt es sich um Ihren höchsteigenen Juckelpunkt und nicht um seinen oder von sonst wem. Gut, Sie können ja auch ihrem Partner die Hand- oder Zungenarbeit überlassen, wenn Ihnen unbedingt danach ist. Das ist eine feine Sache, für Sie und für ihn. Männer, die dazu keine Lust haben, sondern immer nur mit ihrem Schwanz herumfuhrwerken wollen, sollten Sie sich ohnehin vom Leibe halten. Und das ist ganz und gar wörtlich gemeint. Wenn er es jedoch nicht schafft, weil ihm die Zunge lahm wird oder die Hand, oder wenn er etwas ungeschickt ist und immer grad da rubbelt, wo Sie's grad nicht brauchen können, oder wenn er meint, er müßte da irgendwas mit großem Kraftaufwand und irrer Geschwindigkeit polieren, dann nehmen Sie's lieber in die eigene Hand. Schließlich wollen sie Lust und keine wunde Möse haben. Denken Sie aber daran, daß ihr Partner selbst bei noch so großem Einfühlungsvermögen dennoch kein Hellseher ist. Männer haben genausowenig wie Frauen einen inneren Instinkt, der ihnen genau sagt, wann der andere es wie und wo am liebsten hat. Das müssen Sie ihm schon sagen oder noch besser vormachen. Es kann ein für Sie und für ihn äußerst erregender Teil des sexuellen Miteinanders sein, wenn sie ihm zeigen, wo und vor allem wie sie stimuliert werden möchten. Miteinander vögeln ist kein standardisiertes Ritual, welches immer und bei jedem gleich abläuft, sondern ein wunderbarer Weg, den anderen, aber auch sich selbst körperlich kennenzulernen.

Wenn Sie aufhören, sich nach seinen Bedürfnissen zu richten, seinen Vorstellungen zu folgen, seine Art zu vögeln zum Maßstab zu nehmen, wenn Sie sich und Ihre Art akzeptieren und es so machen, wie es Ihnen gefällt, wenn Sie ihre Wünsche klar äußern und ihm helfen zu lernen, wie Sie funktionieren, denn jede Frau funktioniert ein klein wenig anders, und wenn Sie darüber hinaus nicht mehr darauf fixiert sind, daß ein Orgasmus nur dann ein richtiger Orgasmus ist, wenn er Ihnen kommt während er seinen hat, dann haben Sie eigentlich kein Problem. Jedenfalls kein Orgasmusproblem. Wenn Sie all diesen lustfeindlichen Ballast, der Sie daran hindert, über die Stränge zu schlagen und sich gehenzulassen, über Bord geworfen haben, dann, da bin ich ziemlich sicher, werden Sie früher oder später auch beim Vögeln kommen, noch ehe Sie daran denken, daß Sie vielleicht mit der Hand ...

Ein bißchen Egoismus ist wie schon gesagt für den Sex nicht unbedingt von Nachteil. Sie sorgen für Ihr Vergnügen und er für seins. Die Frauen wurden schon viel zu lange dazu angehalten, ihre Lust zu zügeln und statt dessen den Männern zu Gefallen zu sein. Da gibt es also einen gewissen Nachholbedarf und Ausgleich auf der Frauenseite. In diesem Sinne sollten Sie zu Ihrer Lust stehen, sie hegen und pflegen. Ganz besonders geeignet dafür ist Ihre sexuelle Phantasie, doch darüber unterhalten wir uns noch etwas ausführlicher im nächsten Kapitel.

Wir wollen uns in diesem Kapitel, wie versprochen, den Möglichkeiten zuwenden, die Ihnen helfen, Ihre Orgasmusfähigkeit zu trainieren. Das es an sich etwas merkwürdig ist, daß Frauen angeblich ihr orgastisches Potential nicht selbstverständlich und ohne weiteres Zutun ausleben können, wollen wir dabei nicht weiter hinterfragen, denn das wäre ein interessantes Thema für ein umfangreiches weiteres Buch. Wir wollen das einfach mal so stehen lassen und uns der Sache an sich zuwenden.

Rachel Swift, eine englische Autorin, die ein recht interessantes Buch über den weiblichen Orgasmus geschrieben hat, ist der Meinung, daß die Frau ihren Orgasmus lernen muß. Lernen wie das Schwimmen, das Rad- oder Autofahren, das Kochen, wie Fremdsprachen oder das Arbeiten am Computer. Wie gesagt, auch wenn ihnen das merkwürdig oder empörend vorkommt, hier wollen wir das nicht weiter untersuchen, sondern einfach mal annehmen, daß das eben so ist.

Ein Problem beim partnerschaftlichen Sex ist ja, daß der jeweils andere in unserem Körper etwas bewirken soll. Das ist in etwa so, als solle er in einer ihm vollständig fremden Wohnung, nämlich Ihrer, den versteckten Schlüssel zur Schmuckschatulle finden. Sie selber haben damit keine Schwierigkeit, denn Sie kennen sich in Ihrer Wohnung ja bestens aus, hoffe ich jedenfalls für Sie. Für den anderen ist das so eine Art Blindflug. Ohne daß er selbst die körperlichen Gefühle spürt, die er auslöst, muß er sie so erzeugen, daß sie bei Ihnen zum Höhepunkt führen. Wie schwierig das ist, können sie schon daran ermessen, wenn Sie sich vorstellen, jemand anderem nur die Zähne zu putzen oder ihn auch nur effektiv dort zu kratzen, wo's ihm juckt. Auch Männer können dabei eine Ahnung von den Orgasmusschwierigkeiten der Frauen gewinnen, denn auch bei ihnen dauert's erheblich länger, wenn es ihnen eine Frau mit der Hand oder dem Mund macht. Auch dabei ist der männliche Orgasmus gefährdet, denn das Gefühl ist vollständig anders, als wenn sie es sich selber machen. Das Vögeln unterscheidet sich für die Männer, wie schon erwähnt, nicht sehr von ihrer Art zu onanieren, und es führt deshalb auch so sicher zum Erfolg. Das ist aber anders, wenn sie sich jemand anderem überlassen müssen. Vielleicht haben Sie selbst schon die Erfahrung gemacht, daß Sie ihren Partner liebevoll mit dem Mund verwöhnt haben und daß er dabei trotz all Ihrer Kunstfertigkeit, Ausdauer und Einfühlung nicht zum Ziel, seinem Orgasmus, gekommen ist, sondern zum Schluß doch noch selber die Sache „in die Hand nehmen" mußte. Das aber sind genau die Orgasmusschwierigkeiten, unter denen die große Mehrzahl der Frauen leiden und die den Männern an sich selber nicht besonders auffallen, weil sie viel seltener in einer solchen Situation sind, sie also als Ausnahme erleben, was für die Frauen die Regel ist.

Es ist in diesem Zusammenhang vielleicht ganz interessant, sich zu vergegenwärtigen, daß wir alle, Männer wie Frauen, uns ohnehin die große Mehrzahl der Orgasmen in unserem Leben selbst machen. Die Masturbation ist nämlich nicht nur die problemloseste und einfachste Methode einen Orgasmus zu erreichen, sondern oft auch nur die einzige Möglichkeit, selbst in der Partnerschaft, regelmäßig seine sexuelle Erregung oder sexuelle Spannungen abzubauen. Wenn sie sich also darüber ärgern, daß sie meist selbst Hand anlegen müssen, um Ihre Befriedigung zu finden, dann trösten sie sich damit, daß es Männern auch oft nicht anders geht.

Doch kommen wir jetzt zum spannendsten Teil zurück. Wie lerne ich den partnerschaftlichen Orgasmus? Das Trainingsprogramm, das Frau Swift empfiehlt besteht vor allem darin, Ihre Kontrolle über den eigenen Orgasmus zu erhöhen beziehungsweise sie überhaupt erst einmal herzustellen. Wie ich ja in den vorangegangenen Kapiteln versucht habe aufzuzeigen, drängt unsere gesamte abendländische Tradition die Frauen in eine unangemessene Passivität – nicht nur was die Sexualität angeht. Diese Passivität nun gilt es zu überwinden. Das erste Gebot also sollte sein, die Verantwortung für ihr Vergnügen nicht dem Partner zu überlassen. Sie können und sollten ihren Sex mit dem Partner leben, wie sie es gerade wollen, doch wenn sie dann irgendwann während der Vögelei einen Orgasmus erreichen wollen, müssen Sie eine Situation herstellen, in denen ihre Bedingungen und nichts anderes Trumpf sind. Was heißt das konkret?

Wenn sie masturbieren, dann haben Sie die volle Kontrolle über ihre Empfindungen und die Manipulationen, die sie auslösen. Das Ablaufmuster Ihrer Lust müssen Sie sich genau einprägen. Es hilft nichts, wenn Sie sich ein abstraktes Muster einprägen, denn jede Frau reagiert verschieden. Da es um Ihre Lust geht, muß auch Ihre Reaktion Ihre Richtschnur sein. Deshalb empfiehlt Rachel Swift, die selber sehr unter ihren Orgasmusschwierigkeiten gelitten und alle ihre Ratschläge selbst an sich erarbeitet hat, den Frauen, sehr häufig zu onanieren. Auch wenn es komisch klingt, sie empfiehlt, es nicht nur für sich allein im stillen Kämmerlein zu machen, sondern auch unter erschwerten, weil halböffentlichen oder gar öffentlichen Bedingungen. In der Toilette eines Restaurants, im Büro, in der Straßenbahn. Frauen können dabei ja ziemlich diskret vorgehen, wenn Sie zum Beispiel nur an die Methode der Schenkelpressung denken. Ziel dieses Trainings soll es sein, alle Momente auszuschalten, die sie irritieren können. Ein Partner, so Frau Swift, ist ja irgendwie auch immer eine Irritation. Als zweiten Schritt sollen Sie lernen, ihre Masturbationserfahrungen mit dem Partnersex zu verbinden. Anfangs verlangt das vom Partner eine gewisse Passivität und Unterordnung unter Ihr Kommando. Zum Beispiel hat er Anfangs lediglich seinen Schwanz in Ihnen drin, bewegt ihn aber nicht, und Sie machen es sich wie gewohnt mit der Hand. Später hören sie kurz vor ihrem Höhepunkt mit der Eigenmassage auf und lassen ihn den Rest mit seinen Bewegungen machen. Irgendwann, so Rachel Swift, erreichen sie, daß es ihnen auch ohne zusätzliche Handarbeit beim Vögeln kommt.

Natürlich kann ich Ihnen nicht bestätigen, ob es wirklich funktioniert. Da rächt es sich, daß ich als Mann dieses Buch schreibe. Aber es gibt wohl genügend Erfolgserlebnisse, die darauf hinweisen, daß es über diesen Weg möglich ist erstens die für den eigenen Orgasmus hinderliche Passivität zu überwinden und eine maximale Kontrolle über die eigenen Körperreaktionen zu erlangen.

Ich schildere Ihnen hier in wenigen Worten diese Methode, weil sie in ihrem Ansatz mit dem übereinstimmt, was ich dazu herausgefunden und schon mehrfach hier erwähnt habe, nämlich Ihre Passivität aufzugeben, das fatale Hoffen darauf, daß der Mann es ihnen „besorgt" und außerdem eine positive Einstellung zu Ihrer Lust, Ihrer Sexualität zu entwickeln. Frauen haben mindestens den gleichen sexuellen Appetit und das gleiche Interesse an Sexualität wie Männer, vielleicht sogar mehr. Unsere ganze Geschichte aber sagt ihnen das Gegenteil. Das gilt es zu ändern.

Eine der Hauptbeschwerden der Männer über die Frauen ist ja, daß sie beklagen, daß Frauen sowenig aktiv sind. Die Mehrzahl der Männer findet es nämlich überhaupt nicht witzig, immer den ersten Schritt machen zu müssen, die Frauen immer zum Sex überreden zu müssen. Der Traum der meisten Männer ist eine sexuell aktive, fordernde und die Initiative ergreifende Frau. Das wird nicht zuletzt durch den Hite-Report über männliches Sexualempfinden bestätigt. Eine gute Methode, sich die eigene Lust an der Sexualität zurückzuerobern und die eigene Aktivität anzuspornen, besteht unter anderem darin, zu unseren sexuellen Phantasien nicht nur zu stehen, sondern sie auch zu pflegen und zu entwickeln. Schauen wir uns im nächsten Kapitel an, was es dazu zu sagen gibt.

Im Reich der sexuellen Phantasien

Für zwischendurch haben wir die Phantasie. Sie ist eine gute Gefährtin, wenn wir uns das Leben würzen wollen, ohne es gleich aufs emotionale Spiel zu setzen.

Mathilde, Mitte Dreißig und Sachbearbeiterin in einem Fachverlag, ist seit Jahren mit einem Stahlbau-Monteur verheiratet. Sie hat nicht nur deshalb ein ständiges sexuelles Defizit, weil ihr Mann, der in der ganzen Welt irgendwelche Fabrikhallen aufstellt und deswegen nur sporadisch zu Hause ist, sondern auch, weil er, wenn er mal da ist, nur den sogenannten 08/15 Sex absolviert. Das jedoch ist ihr entschieden zuwenig. Nix Blasen, nix Lecken, Sperma pfui und weggewischt. Gerade das alles aber hätte sie gerne und ausgiebig getan, erlebt und genossen. Zwar verfügt sie über eine ausgeprägte sexuelle Phantasie und über Abenteuerlust, zum Fremdgehen jedoch konnte sie sich trotz allem nie so recht entscheiden. Nicht zuletzt hat sie eine gehörige Angst vor AIDS und außerdem lebte sie in einem Dorf an der Peripherie von Braunschweig. Dort aber kennt jeder jeden.

Doch sie wußte sich zu helfen. Mutig, wie offensichtlich eine ganze Reihe von Frauen, besorgte sie sich in einem Sexshop ein bekanntes Kontakt-Magazin. Dem ersten Heft folgten viele weitere. Einerseits wegen der Kontakt-Anzeigen, denn sie fand es sehr aufregend, zu lesen, was andere so alles treiben. Andererseits wegen der in ihm regelmäßig veröffentlichten Leserberichte. In die saftigen Schilderungen von wilden Gruppensexorgien konnte sie sich so richtig hineinversetzen und mußte dabei dann jedesmal heftig Hand an sich legen. Was schließlich und letztlich Zweck der Übung war. Eines Tages stieß sie auf die Anzeige eines Mannes, die es ihr sofort antat. In dieser Anzeige wurde nicht der übliche Partnertausch oder dergleichen angeboten, sondern ein phantasievoller Briefwechsel, bei dem es um den Austausch von Erlebtem und Ersehntem gehen sollte. Ehe sie sich's versah, hatte sie schon zu Papier und Kuli gegriffen und war am Schreiben: „Lieber Unbekannter ... ".

Als nach zwei Wochen der Antwortbrief in ihrem Briefkasten lag, sagt sie, wäre sie fast geplatzt vor lauter Aufregung. Sie hatte sich nicht getäuscht, der Schreiber hielt, was er versprochen hatte und traf offenbar genau das, was sie besonders in Wallung brachte.

In der Folge entwickelte sich daraus eine Serie von schwer pornografischen Fortsetzungsgeschichten, in denen sie detailliert ihre Wünsche äußerte, die dann von ihm in entsprechende Geschichten, oft acht oder mehr Seiten lang, umgesetzt wurden.

Diese Brieforgie dauerte etwa drei Jahre, mit wöchentlichem Brief-Hin und -Her. Angeregt und mutig geworden durch dieses Training ihrer Phantasiegelüste, suchte und fand sie dann auch irgendwann über eine Kontaktanzeige ein Paar, mit dem sie ihre sexuellen Vorlieben als Dritte im Bunde in natura ausleben konnte. Selbst ihren Mann, der von alledem nichts weiß, hat sie sich mittlerweile, wie sie sagt, soweit erzogen, daß er auch mal bei Tageslicht und nicht immer nur auf die Standardtour mit ihr schläft.

Ähnliches erlebte Anna, eine 35jährige promovierte Soziologin, der ihr Mann ein Kontaktmagazin nach Hause brachte, das er (angeblich) im Hotelnachttischchen gefunden hatte. Sie, die in ihrer Ehe ein ausgeprägtes Sexualleben führte, studierte schon allein aus beruflicher Neugier das umfangreiche Heft und blieb schließlich ebenfalls an einem Briefangebot hängen. War es anfangs für sie mehr eine Art Sozialstudie (was sind das für Leute, die so was machen?) wurde sie schon nach kurzer Zeit ganz in den Bann der sexuellen Phantasie gezogen. Da es sich bei ihrem Korrespondenten um eine Art Künstler handelte und auch sie über einiges künstlerisches Talent verfügte, entwickelte sich der Briefwechsel mehr und mehr zu einem opulenten sexuellen Gesamtkunstwerk. Die Briefe, die sie mir zeigte, sind wirklich außergewöhnlich und füllen sage und schreibe 14 Aktenordner mit insgesamt ca. 3500 Seiten.

Was diese Briefe zeigen ist erstens, daß solche „ungewöhnlichen" sexuellen Aktivitäten in den unterschiedlichsten Gesellschaftsschichten vorkommen und daß zweitens, die Art der weiblichen Phantasien (und auch der männlichen) durchaus nicht auf ein Standardschema festzulegen sind. Waren die Geschichten, die die Sachbearbeiterin bevorzugte, eher von der Art, die Feministinnen verächtlich als „Männerphantasien" abtun, so kennzeichnen die Briefe der Soziologin und ihres Briefpartners mehr das, was man gemeinhin als weiblich zu bezeichnen geneigt ist: phantasievoll, ästhetisch und voll von Humor und Sprachwitz. Sie sind aber auch voll intensiver gefühlsmäßiger Auseinandersetzungen.

Ein Merkmal der Phantasie ist es ja gerade, daß man sich in ihr auf ungewöhnliches, ja sogar verbotenes Terrain begeben kann, ohne daß einen dafür irgend jemand zur Rechenschaft zieht, ohne daß man damit jemand anderen belästigt, ohne daß es überhaupt einer bemerkt. Die Phantasie ist eine endlose Spielwiese, auf der wir gefahrlos und hemmungslos herumtollen und uns selbst dem Extremen hingeben können. „Der Traum vom Sex im Paradies gehört zum Leben", meinte Robert Gernhardt einmal dazu. Die Phantasie ist durchaus kein ärmlicher Ersatz für die verpasste Wirklichkeit. Sie ist einer unserer kreativsten Tummelplätze und eine ganze Welt für sich.

Wir müssen allerdings begreifen, daß Phantasie und sexuelles Verhalten zwei sehr unterschiedliche Bereiche sind. Wenn uns eine spezielle sexuelle Vorstellung anregt, so heißt das noch lange nicht, daß wir sie auch in Wirklichkeit, so eins zu eins, erleben wollen. Es ist geradezu ein Merkmal von Phantasien und vollkommen normal, daß sie ungewöhnliche oder gesellschaftlich nicht akzeptierte sexuelle Vorgänge zum Inhalt haben. Das genau ist ja das Schöne an der Phantasie. Im täglichen Leben verhalten wir uns vernünftig, konstruktiv, beherrscht und sozial angemessen. In der Phantasie jedoch können wir endlich einmal auch unvernünftig, destruktiv, unbeherrscht und asozial sein. Alles Verhaltensweisen, die wir auch in uns tragen, und die wir irgendwo unterbringen müssen. Die Phantasie bringt eine emotionale, irrationale und manchmal regelrecht verrückte Komponente in unser durchschnittliches, wohlorganisiertes Leben.

Was eine Phantasie erotisch macht, ist die Tatsache, daß sie einen Teil des Lebens wiedergibt, der sich außerhalb unserer Verhaltensnormen befindet. Wohl kaum jemand stellt sich in seiner erotischen Phantasie Sex mit seinem tatsächlichen Partner vor, im eigenen Schlafzimmer und dazu noch in der Missionarsstellung. Der Sex in der Phantasie findet am malerischen Strand einer exotischen Insel statt, und das nicht nur mit einem Partner, sondern mit einer ganzen Schar gutgebauter, heißblütiger Lover. Oder Sie befinden sich in einer mittelalterlichen Folterkammer und werden ununterbrochen zum Sex gezwungen, was Sie unendlich genießen oder im Konzertsaal, wo Ihnen alle Leute voller Bewunderung dabei zusehen und jeden Orgasmus mit donnerndem Applaus begleiten. Und natürlich machen Sie dabei keinen Standardsex, sondern Sie lassen sich ausgiebig lecken, Sie blasen und lassen sich vor allen Zuschauern den Samen ins Gesicht spritzen, haben Analverkehr und vögeln unbedingt mit mehreren. usw. usw. Sie treiben es mit außergewöhnlichen Partnern, mit Riesenschwänzen und vielfachen Ejakulationen oder sogar mit Hunden oder Eseln oder was Ihnen sonst noch so in den Sinn kommt und Sie antörnt. Die Bundesprüfstelle hat in Ihrer Phantasie nichts zu suchen, denn man hat nun mal keine Phantasien über „normalen“ Sex, darin liegt nichts Erotisches. Phantasien kreisen um etwas Irres, Verruchtes, Verbotenes, Gefährliches, um Dinge, die wahrscheinlich außerhalb Ihres tatsächlichen Verhaltens und Wünschens liegen, die Sie vielleicht ansonsten sogar abstoßen.

Was den sexuellen Teil unserer Phantasie angeht, befinden wir uns mit ihr schon mitten im Bereich der Pornografie. Pornografie ist nicht eine bestimmte Art von sexueller Phantasie, nicht der extremste Teil oder ein besonders schmutziger oder gewalttätiger, sondern sie umfaßt einfach alles, was uns zu diesem Thema einfällt. Pornografie hat in unserer Gesellschaft allerdings einen denkbar schlechten Ruf. Warum?

Pfui Schmutz und Schund

Solange es Menschen gibt, gibt es Pornografie. Diese „Hurenschriften", so der Wortsinn, waren schon im Altertum in Wort und Bild beliebt und erfreuten sich eines hohen Ansehens

Mädchen und Frauen haben, anders als Jungen und Männer, zwar theoretisch, jedoch kaum praktisch Zugang zu Pornografie. Frauen, so heißt es, haben für so etwas überhaupt kein Interesse. Dabei geht es nicht um die Frage, ob die angebotene Pornografie gut oder schlecht ist, ob sie männliche Phantasievorstellungen abbildet oder weibliche. Es geht immer noch darum, den Frauen ein selbständiges sexuelles Interesse und „versaute" Phantasien abzusprechen. Kurioserweise tritt dieses Verdikt nicht nur als reaktionäre Bevormundung auf, sondern schleicht sich auch in die „feministische Kritik" ein. Die von Alice Schwarzer im Gefolge der amerikanischen „Feministin" Andrea Dworkin in Gang gesetzte „PorNo"-Kampagne wurde denn auch schnell von emanzipierten Frauen als ein solcher Versuch durchschaut. Die einhellige Reaktion war statt dessen ein lautes Einfordern von sexuellen Bildern und Texten für Frauen, das heißt, die schon lange ausstehende Eroberung des sexuellen Genre durch die Frauen. Es ist ein trauriges Kapitel in der Geschichte der Frauenbewegung, daß sie sich in den achtziger Jahren mit der Ideologie der konservativsten und sexfeindlichsten Kreise verbündet hat. Sex wurde von ihr vornehmlich als von

Männern ausgeübte Herrschaft beschrieben. Das brachte solch psychisch gestörte Gestalten wie Andrea Dworkin in den Vordergrund, die in der Sexualität einen einzigen Alptraum von Schmerz, Verstümmelung, Gewalt und Versklavung sieht. „Tatsache ist", so Dworkin, „daß Frauen den Geschlechtsakt nicht besonders mögen. Unser Mangel an Orgasmen ist Beweis genug; wir glauben, daß wir Sex mögen, so wie einige Sklaven sich vielleicht eingeredet haben, daß sie gern Baumwolle pflücken." Mit solchen Äußerungen, die nach den Worten der Frankfurter Autorin Cora Stephan nur einen „platten und nachgerade spiegelbildlich pornografischen Männerhaß zeigen", erweist Frau Dworkin der Sache der Frauen einen überaus fragwürdigen Dienst.

Der herablassende Vorwurf, Pornografie verbreite ausschließlich „Männerphantasien", verpufft insofern, als der Kundenkreis tatsächlich immer noch hauptsächlich männlich ist. Warum denn nur sollen Männer keine Männerphantasien haben? Was sollen sie statt dessen haben? Etwa Frauenphantasien? Da der Markt sich nach der Nachfrage richtet, ist es nur eine Frage der Zeit, wann in diesem Bereich ein ebenso großes Angebot an „Frauenphantasien" zu haben sein wird. Daß die Männerphantasien hauptsächlich eine reduzierte und mechanische Art der Sexualität darstellen, ist eine ganz andere Sache. Wenn Männer erkennen lernen, daß auch ihre sexuellen Bedürfnisse eigentlich weit über das Rein-Raus-Spiel hinausgehen, werden sie schon selber besseres Anschauungsmaterial für sich fordern.

Ist aber nun Pornografie überhaupt notwendig? Handelt es sich dabei nicht um eine überzogene und vielleicht sogar menschenverachtende Ausgeburt einer krankhaften Phantasie? Ich meine nein. Daß die auf dem Markt befindliche Pornografie über weite Strecken einfallslos, unerotisch, mechanisch und spießerhaft ist, spricht nicht gegen sie, sondern gegen ihre Hersteller. Das ist wie bei der Literatur, dem Film, der Mode oder der Gastronomie. Es gibt kein richtig oder falsch, nur ein gut oder schlecht. Eine schlechte Küche sagt nichts gegen das Essen als solches, sondern beschämt allein den Koch. Insofern ist Pornografie lediglich die Beschäftigung des menschlichen Geistes mit der sexuellen Lust und Teil der Kulturleistung einer Gesellschaft. In ihr werden wie im Roman oder im Film, Kunstwelten erträumt. Kunstwelten, die der Sache wegen frei sind von den üblichen Zwängen der Realität. Hier geht es nicht um komplizierte soziale und psychologische Zusammenhänge oder um Bilder des allgemeinen Lebens, hier geht es um einen speziellen Ausschnitt, um Übertreibung, um Ausschließlichkeit. Vor allem aber geht es nicht um Realität. Ich habe ja schon im vorhergehenden Kapitel darauf hingewiesen.

Der bekannte Satiriker Robert Gernhardt merkte dazu unlängst in einem Interview an: „Die verschiedenen Genres bedienen ja nicht nur geistige Erwartungen, sie befriedigen geradezu körperliche Bedürfnisse. Es ist sicher kein Zufall, daß die fünf Genres unseres Kulturkreises mit den fünf Entleerungsmöglichkeiten des Körpers korrespondieren. Beim Melodram fließen Tränen. In der Komödie bepißt man sich vor Lachen. Der Krimi erzeugt Angstschweiß. Der Horror provoziert Erbrechen. Und der Porno zielt auf die bekannten Absonderungen."

Pornografie macht also lediglich den sexuellen Aspekt des Lebens, der auch in jedem „normalen“ Roman oder Film seinen Platz haben sollte, zu ihrem Thema, sie konzentriert sich auf ihn, so wie sich der Krimi auf den kriminellen Aspekt der menschlichen Gesellschaft spezialisiert oder Sience-Fiction auf den utopischen. Sie ist ein Genre wie der Heimatfilm, der Kriminalfilm oder der Abenteuerfilm. Kein vernünftiger Mensch in unserer westlichen Gesellschaft käme heute auf die Idee, zum Beispiel die Literatur oder eine ihrer Sparten zu verteufeln, weil sie mit dem tatsächlichen Leben nicht übereinstimmte oder nicht alle ihre Aspekte minutiös abbilden würde. Genau das aber wird der Pornografie immer wieder als Mangel vorgeworfen.

Gegen die Pornografie spricht auch nicht, daß manche Menschen sie mit der Wirklichkeit verwechseln könnten oder tatsächlich verwechseln. Wer sein Leben als „Lore-Roman“ leben will, wird ebenso scheitern, wie jemand, der sich für Batman hält. Die Verdikte gegen menschenverachtende Darstellung, gegen Gewalt und Ausbeutung, gelten für Pornografie ebenso wie für jeden Roman oder Film. Der Vorwurf, gerade Pornografie trüge zur Verrohung bei, hört sich angesichts dessen, was wir tagtäglich im normalen Fernsehen geboten bekommen, etwas an den Haaren herbeigezogen an. Wenn man die üblichen Fernsehprogramme studiert, in denen es ja bekanntlich keine Pornografie gibt, so gelangt man zu der erschütternden Erkenntnis, daß das Abbilden von primären Geschlechtsteilen zwar peinlich vermieden wird, daß aber offensichtlich gesellschaftlich geduldet wird, daß in fast jedem Film geschlagen, geschossen oder sonstwie gewaltsam gehandelt wird, daß geschundene Körper in Großaufnahme und in genüßlichem Detail gezeigt werden, daß Blut in Mengen hervorspritzt, Sperma jedoch nie und nimmer. Die Verantwortlichen finden es anscheinend völlig normal und „anständig", daß wir im Fernsehen oder Kino das Blut aus den Einschußlöchern sickern sehen, daß wir überhaupt sehen, daß Menschen erschossen werden und daß wir Leichen oder zusammengeschlagene Menschen herumliegen sehen. An einem einzigen, ganz normalen Fernsehabend habe ich neulich an die zweihundert Tote gezählt. Für obszön allerdings und daher nicht abbildbar halten sie das Geschlecht der Frau oder den erigierten Penis des Mannes. Ich habe diese Schizophrenie noch niemals verstanden und werde sie auch weiterhin nicht begreifen.

Daß Pornografie gewalttätig, erniedrigend und sadistisch sei, wie gerade von fundamentalistischen Feministinnen oft behauptet wird, ist ein übler Propagandatrick, der sich die Unwissenheit der Frauen auf diesem Gebiet zunutze macht. Und daß sich die Propagandisten gegen die Pornografie in ihren Kampagnen auf Beispiele aus einem verbotenen schwarzen Markt beziehen, der nur auf krummen und kriminellen Touren zugänglich ist, ist schlichtweg infam.

Das durch Zeitschriften wie „Emma" verbreitete Bild der Pornografie taucht wegen der Unerfahrenheit, die Frauen leider immer noch auf diesem Gebiet haben, sogar in seriösen Frauenratgebern auf. So schreibt Sylvia Schneider in ihrem ansonsten durchaus empfehlenswerten „Das neue Frauenlexikon" ganz kritiklos: „Die Frauenbewegung ist seit ihren Anfängen bemüht, die Pornografie einzudämmen. Die streitbare Zeitschrift ‚Emma' hat eine Initiative ‚PorNo' ins Leben gerufen, die sich dafür stark macht, daß die bereits bestehenden Schutzgesetze wirklich hart und unerbittlich angewendet werden. In den meisten pornografischen Darstellungen werden Frauen erniedrigt, in dem sie als benutzbare Objekte sexueller Lust gezeigt werden. Außerdem sind häufig Gewalt und Aggression gegen Frauen, Kinder, Tiere und Sachen zu sehen, die durchaus auch Gewalt auslösen oder verstärken können. Normale, partnerschaftliche Sexualität kommt in ‚Pornos' so gut wie gar nicht vor" usw. usw. Jede Frau, die den Mut hat, sich selbst ein Bild zu machen, wird feststellen, daß diese Schilderung fern von jeglicher Realität ist.

Viele Männer können dagegen bestätigen, daß ihre Frauen, mit denen sie sich gemeinsam Pornos angeschaut haben, egal ob Magazin oder Video, dadurch sexuell genauso erregt wurden, wie sie selbst. Und das unabhängig von der jeweiligen Qualität. Bei einem Experiment mit mehreren Frauen, die wir in Videokabinen schickten, kam zudem heraus, daß alle, genau wie die Männer, ständig zwischen den verschiedenen Programmen hin und her gesprungen sind, weil sie an der ohnehin schon dürftigen Rahmenhandlung nicht interessiert waren, sondern nur an den „harten, geilen Tatsachen".

Daß die meisten Frauen sich nicht trauen, in einen Pornoladen zu gehen, in dem fast nur Männer in den Heftchen blättern oder die Videokabinen frequentieren, ist mehr als verständlich. Wer verbindet die Suche nach sexueller Anregung schon gerne mit einem Spießrutenlauf. Daraus aber den Schluß zu ziehen, Frauen seien generell nicht an Pornografie interessiert, zumindest nicht an „Männerphantasien", ist grundsätzlich falsch.

Nach diesem Exkurs in die sexuelle Phantasiewelt wollen wir uns aber noch etwas genauer mit uns selbst befassen. Die erotischen oder sexuellen Phantasievorstellungen drängen ja förmlich zu einer körperlichen Lösung und werden zu diesem Zweck erdacht. Damit sind wir auch schon bei der Selbstbefriedigung.

Selbst ist die Frau

Nur wer sich selber liebt und ein positives Verhältnis zu seinem Körper hat, kann auch andere lieben und deren sexuelle Zuwendung wirklich genießen.

Auch wenn ich mich wiederhole, möchte ich doch nochmals auf die sexuelle Lust am eigenen Körper zurückkommen. Ein Thema, das so lange verdammt war, hat einen besonderen Anspruch darauf, daß man sich gründlich mit ihm beschäftigt. Nach einer Anfang der neunziger Jahre durchgeführten Untersuchung zur Jugendsexualität, haben sich die Masturbationserfahrungen bei Jungen wie Mädchen im Vergleich zu einer ähnlichen Untersuchung um 1970 herum verringert. Dieses Ergebnis war recht unerwartet angesichts der Erkenntnisse über die positive Bedeutung der Selbstbefriedigung für die sexuelle Entwicklung. Dieses Ergebnis scheint den Wissenschaftlern denn auch nicht „echt“. Das heißt, sie vermuten, daß sich im Verhalten der Jugendlichen eher nichts geändert hat, sondern nur ihre Bereitschaft abgenommen hat, sich zur Selbstbefriedigung zu bekennen. Die Studie zeigte nämlich auch, daß Masturbation für die Jugendlichen immer noch eines der größten Tabus ist und daß das Zugeben dieser Erfahrung ihnen heute offensichtlich noch schwerer fällt, als in der Zeit der „sexuellen Revolution“.

Selbstbefriedigung wird zwar heute nicht mehr verteufelt. Man erzählt niemandem mehr, daß er sich damit

Schwindsucht oder Blindheit einhandelt. Sie wird als Gegebenheit hingenommen, aber nicht wirklich anerkannt oder sogar als hilfreich und lehrreich propagiert. Im Frühjahr 94 erst war wieder einmal in der Presse von der Entrüstung zu lesen, die eine Aufklärungsbroschüre hervorgerufen hatte, weil in ihr unter anderem auch die Selbstbefriedigung propagiert wurde. Die Broschüre mußte daraufhin aus dem Verkehr gezogen werden. Vor allem aber und zwar jenseits der moralischen Verurteilung, gilt Selbstbefriedigung noch immer als ein Zeichen dafür, daß man es „normal" nicht bringt. Als eine Ersatzhandlung für Geschlechtsverkehr, als Eingestehen eines Mangels, als etwas, das man verschämt für sich behält. Doch jeder kennt den berühmten Satz von Woody Allen: »Don't knock masturbation. It's sex with someone I love« (Nichts gegen Masturbation. Das ist Sex mit jemandem, den ich sehr liebe). Gerade Frauen, die sich selbst befriedigen, und das ist nun wirklich die große Mehrheit, nämlich annähernd 75% der erwachsenen Frauen, wissen, wie schön ein Orgasmus ist. Nun sind vielleicht die Höhepunkte, die man sich selber herauskitzelt, manchmal nicht so intensiv, wie die, die man erlebt, wenn man sich einem Partner voll und ganz hingeben kann, das sollte aber keinesfalls ein Grund sein, das eigene „Hand anlegen" gering zu schätzen.

Für viele Männer ist diese Beschäftigung mit sich selbst wohl meist eine eher mechanische Tätigkeit. Den Blick starr auf eine geeignete Bildvorlage geheftet, den Schwanz in der Faust und dann rauf und runter und rauf und runter, bis das Ergebnis der Erregung durch die Luft kleckert. Ich will ja keinem Mann Unrecht tun, aber ich habe wenig Hoffnung, daß es da in den meisten Fällen spielerischer oder phantasievoller zugeht. Vielleicht liegt das auch nur an der „griffigen“ männlichen Anatomie.

Ich hätte Ihnen als Beispiel, wie verspielt Frauen mitunter mit diesem „Handwerk“ umgehen können, gerne einen um die komplizierte Rahmenhandlung gekürzten Auszug aus Nicholson Bakers Roman „Die Fermate“ vorgestellt. Der Rowohlt Verlag allerdings war nicht bereit, mir den Abdruck in diesem Buch zu gestatten, weil die Schilderung bloß dieses „platten Vorgangs“, so bezeichnete es der Lektor, die Literatur beschädigen könnte. Also muß ich es mit eigenen Worten erzählen.

Geschildert wird in dem Abschnitt eine junge Frau, die sich nach der Lektüre eines pornografischen Briefes in der Badewanne langsam und systematisch erregt und schließlich befriedigt. Bei sich in der Wanne hat sie einen großen, realistischen schwarzen Gummidildo. Interessant ist, wie langsam sie es angehen läßt und mit welchen Verzögerungen sie sich ihrem Ziel nähert. Unter anderem rasiert sie sich zwischendurch die Beine, läßt heißes Wasser nachlaufen und vollführt in der Wanne einige Streckübungen. Erst nach geraumer Zeit steht sie auf, läßt das Wasser von sich ablaufen und trocknet sich ab. Dann stützt sie sich mit den Händen auf dem Wannenrand ab und kniet nieder, ein Bein im Badewasser, das andere außen auf dem Fußboden. Ihre Möse berührt dabei den gerundeten Wannenrand. Sie lehnt sich auf die Hände vor und wiegt sich mit dem ganzen Gewicht ihrer Hüften auf dem Rand der Badewanne. Schließlich sucht sie mit den Worten: „Wo ist der Schwanz?, Ich will den Schwanz sehen.“ den Dildo. Sie fischt ihn heraus und sieht ihn an, taucht ihn mehrmals ins Wasser, zieht ihn wieder heraus, und ergötzt sich daran, wie das Wasser von ihm abtropft und wie er glänzt. Dann rutscht sie den Wannenrand entlang und heftet den schwarzen Pimmel mit seinem Saugnapf ungefähr in Augenhöhe an die geflieste Duschwand. Sie streicht mit dem Gesicht darüber, küßt ihn leidenschaftlich verrucht, knabberte daran herum und spricht mit ihm, etwa so: „Das gefällt dir, wenn ich deinen dicken Pimmel da lutsche, was?“. Sie legt zwei Finger auf den Wannenrand, schiebt sich über sie, so daß sie gespreizt unter ihrer Klit liegen und reibt sich sehr schnell ihren Schlitz, wobei sie den an der Wand befestigten Pimmel mit ihren Brustwarzen umkreist. „Willst du meinen Arsch?“ fragt sie den Dildo und wendet sich, die Hände auf dem Wannenrand, von ihm ab und wackelt mit dem Arsch vor ihm hin und her. Plötzlich verliert der Saugnapfsockel seine Saugwirkung, und fällt auf eine Muschelseifenschale hinab. „Och, hab' ich dich schockiert, Süßer?“ schäkert sie. „Bin ich zu schnell für dich?“ Sie taucht ihn wieder ins Badewasser, schüttelt ihn ab, stellt sich rittlings über die Wanne, befestigt ihn auf dem Wannenrand und lutscht ihn. „Siehst du, wie leicht es ist, dich wieder steif zu kriegen?“ Schließlich stellt sie sich darüber, zieht an ihren Schamhaaren, so daß sie ihre Klit sehen kann, und sagt zu dem Dildo: „Bist du bereit, die schöne saubere Fotze da zu ficken? Bestimmt bist du es. Bist groß und steif genug, um die hungrige Fotze da auszufüllen.“ Dann beugt sie die Knie, bis der Gummikopf den Eingang findet und setzt sich fest darauf. So fickt sie ihn eine Weile auf und ab hüpfend. Plötzlich unterbricht sie ihr Spiel und geht einen Spiegel holen. Sie stellt ihn so auf, daß sie zusehen kann, wie der Gummimann bei ihr ein und aus geht, während sie ihn noch eine Weile lang fickt. Ihre Finger umkreisen die Klitfalten und sie kommt ihrem Höhepunkt immer näher. Kurz vor dem Kommen hält sie plötzlich inne, fickt dann langsam noch etwas weiter den Dildo und rammt ihn sich dann fest hinein. Im Original heißt es an dieser Stelle: „Dann fing sie an, durch die zusammengebissenen Zähne unglaubliche Geräusche zu machen, gefolgt von herrlichen fasanigen Lauten. Ihr kleiner Finger fuhr in ihr Arschloch, und sie begann zu schielen – die Starterlaubnis war erteilt. Dann sagte sie: „Ah, fick die Fotze, Baby, fick sie, fick die Fotze", immer wieder. Schließlich verzerrte sich ihr Gesicht zu der schiefen, hektischen Grimasse des ekstatischen Augenblicks."

Allerdings ist auch die Selbstbefriedigung eine komplexe Angelegenheit und umfaßt verschiedene Motivationen. Von der eben geschilderten lustvollen sexuellen Befriedigung bis zum nahezu asexuellen, schnellen, zielstrebigen Abfackeln von körperlichen Spannungen reicht der Bogen. So berichteten mir einige Frauen, daß sie zum Beispiel vor Prüfungen oder bei starker beruflicher Anspannung onanieren würden, um die körperlichen Anspannungen loszuwerden. Oder aber, daß sie nach einem streßigen Tag nachts im Bett masturbieren würden, damit sie leichter einschlafen könnten. Mit Sex, so die übereinstimmende Aussage, habe das eigentlich kaum etwas zu tun. Darüber hinaus aber würden sie durchaus auch aus wirklich sexuellen Motiven masturbieren, unbedingt. Manche machen es sich einmal im Monat selber, manche wöchentlich und manche täglich. Das ist von Frau zu Frau verschieden und hängt ganz von ihren jeweiligen sexuellen Bedürfnissen ab.

Nun machen es sich Frauen auf die unterschiedlichsten Arten selber. Manche befeuchten einen oder mehrere Finger mit Spucke oder ihrer Scheidenfeuchtigkeit und streichen damit um und über ihre Klit. Manche konzentrieren sich speziell auf sie oder reiben eine größere Zone um sie herum. Manche reiben eher zart und langsam, andere heftig und schnell oder abwechselnd oder sich steigernd mal so, mal so. Manche berühren sich gar nicht mit den Fingern, sondern kreuzen statt dessen die Beine und üben so einen andauernden und rhythmischen Druck auf die ganze Genitalgegend aus. Manche werden auch durch Vibrationen erregt, beim Reiten oder, wie es früher öfter vorkam, beim Arbeiten an einer mechanischen Nähmaschine. Wieder andere verwenden ein Kissen, an dem sie sich reiben, eine Tischkante, Sofalehne oder benutzen einen Wasserstrahl, einen elektrischen Vibrator oder andere Gegenstände wie Bananen, Gurken, Karotten oder Würstchen. Manche legen sich nicht nur auf eine dieser Methoden fest, sondern verwenden mehrere von ihnen, je nach Stimmung und Gelegenheit.

Sylvia, eine 24jährige Verkäuferin, betonte, daß sie gerne masturbiere, denn: „Da bin ich ganz in meinem Körper, ich spüre ganz genau, was in ihm vorgeht. Es macht mir auch Spaß, dem spontanen Impuls nachzugeben und außerdem habe ich mich dann wirklich gern. Manchmal habe ich mehrere Orgasmen, manchmal keinen. Das ist aber nicht so wichtig. Das größte Vergnügen macht es mir, das tun zu können, was mir gerade am angenehmsten ist. Ich fühle mich selten so frei, wie gerade dann, wenn ich es mir mache."

Selbstbefriedigung ist aber auch oft fester Bestandteil der partnerschaftlichen Sexualität. Viele Frauen stimulieren sich während des Geschlechtsverkehrs oder kommen auf diese Weise überhaupt oder zusätzlich zum Orgasmus.

Katja, eine 35jährige Kosmetikerin, die jahrelang darunter gelitten hat, daß sie beim Vögeln partout keinen Orgasmus erreichen konnte, gesteht sich mittlerweile zu, daß es bei ihr halt nur klappt, wenn sie mit der Hand „nachhilft". Die Männer, mit denen sie bisher zusammen war, bemühten sich alle sehr liebevoll um ihre Lust. Sie waren zärtlich, phantasievoll und zeigten großes Einfühlungsvermögen. Trotzdem gelang es ihr nicht, sich wirklich fallen zu lassen. Katja hat deshalb auch einen regelrechten Haß auf Feministinnen, die alles und jedes, was nicht in Ordnung ist, den Männern anlasten. Zwar hatte sie einmal vor Jahren einen „richtigen" Orgasmus beim Vögeln und weiß daher, daß er auch bei ihr möglich ist, doch ist sie es leid, jedesmal in Streß zu geraten und wie gebannt auf den großen Knall zu hoffen, der sich einfach nicht einstellen will. Sie hat für sich entschieden, daß es in Ordnung und ihre ureigene Art von Höhepunkt ist, wenn sie sich zusätzlich stimuliert, und damit basta.

Damit sind wir auch schon bei der Frage, ob es denn überhaupt einen „richtigen" oder„falschen" Orgasmus, ja ob es überhaupt eine Norm für dieses Erlebnis gibt.

Klitoral, vaginal, ganz egal

Es ist auf jeden Fall grotesk und absurd, daß männliche Wissenschaftler angeblich genauer wissen, was weibliche Lust ist, als die Frauen selbst.

In unserem Kulturkreis sind wir seit annähernd zweitausend Jahren darauf fixiert, daß Sexualität vor allem, und in katholischem Verständnis ausschließlich, der Zeugung dient. Das bedeutet, der Mann ejakuliert in der Scheide der Frau und befruchtet sie. Dabei nehmen die Moralapostel zähneknirschend in Kauf, daß der Mann dabei einen Orgasmus hat. Sie kommen um diese physiologische Gegebenheit nicht herum, auch wenn sie es vielleicht gerne sähen, wenn der ganze Vorgang auch für den Mann lustlos abliefe. Aber so ist es nun mal, und sie müssen sich wohl oder übel damit abfinden. Daß die Frau dabei einen Orgasmus erlebt, ist für den Zeugungszweck, oberflächlich betrachtet, unnötig und in einer sex- und frauenfeindlichen Kultur auch überhaupt nicht wünschenswert. Nun ist das Menschengeschlecht in seinen eigentlichen Bedürfnissen zum Glück sehr resistent und die Erkenntnis der Männer, daß mit einer sexuell befriedigten Frau besser zu leben ist als mit einer unbefriedigten, hat nicht zuletzt dazu beigetragen, daß diese Zielsetzung, der Lustgewinn, auch beim Zeugungsakt, wider alle Indoktrinationen erhalten geblieben ist. Was sich aber vehement durchgesetzt hat, ist die Anschauung, daß die Frau dann allein durch den Koitus zum Orgasmus gelangen soll. Andere Kulturen gehen daher sogar so weit, die Frauen sexuell brutal zu verstümmeln, sie durch Entfernung der Klitoris auch körperlich jeglicher alternativen Empfindung zu berauben und sie tatsächlich zu einem bloßen Gefäß für den männlichen Samen zu degradieren. Noch Sigmund Freud, der Erfinder der Psychoanalyse, ging davon aus, daß klitorale Lust kindlich sei und nur der Orgasmus, der durch das männliche Glied beim Geschlechtsverkehr erreicht werde, reifer weiblicher Sexualität entspreche. Es hat daher auch in unserem Kulturkreis vereinzelt Anregungen gegeben, den Mädchen, analog zur männlichen Beschneidung, die Klitoris zu entfernen, um sie zielsicher zu „richtiger" Sexualität zu führen.

Schauen wir uns das Treiben der uns am nächsten verwandten Tiere, den Primaten, an oder das Treiben der Delphine, so sehen wir deutlich, daß sogar im Tierreich die Sexualität nicht ausschließlich der Fortpflanzung dient, sondern der eigenen Lust, denn alle diese Tiere masturbieren. Darüber hinaus ist sie eine wichtige soziale Kommunikationsweise, eine Unterstützung für den Gruppenzusammenhalt. Genauso ist es beim Menschen. Uns ist mittlerweile auch offiziell klar, daß Sex, wie jede andere Art körperlichen und verbalen Kontakts, das Wohlbefinden stärkt und den sozialen Zusammenhang festigt. Sex ist also zu großen Teilen, im Grunde sogar zum überwiegenden Teil, eine Kommunikationsart. Und genau wie wir das miteinander Reden zu kunstvollsten Formen ausgebildet haben, so reicht auch unser sexuelles Miteinander weit über das simple Rein-und-Raus-Spiel hinaus. Es kann also überhaupt keine Rede davon sein, daß Sexualität hauptsächlich und in erster Linie auf den

Koitus beschränkt ist. Geradezu absurd ist es aber, zu verlangen, daß die Frau ihre Lust nur durch den Mann und seinen „Wunderpenis" erreichen soll.

Wenn angeblich bis zu 90 % der Frauen Schwierigkeiten mit dem durch Penetration erzeugten „vaginalen" Orgasmus haben, so ist ja wohl die Frage erlaubt, ob diese Sex-Methode überhaupt sehr sinnvoll ist? Leiden denn all diese Frauen unter sexuellen Funktionsstörungen? Das kann doch überhaupt nicht sein. Es sei denn, man hält Frauen für irgendwie nicht ganz gelungene Menschen, die nicht mal einen anständigen Orgasmus auf die Reihe kriegen. Eine Auffassung, die in jeder Hinsicht idiotisch ist. Jede Frau ist natürlich zum Orgasmus fähig und meistens zu einem oder zwei oder drei weitaus fulminanteren als die Männer. „Mann" muß ihr nur die Chance lassen, ihn auf ihre Weise zu erreichen und nicht versuchen, sie ausschließlich durch stundenlanges Auf-Ihr-Herumgehoppel dazu zu bringen. Es gibt viele Möglichkeiten, sich gegenseitig zu erregen, und nur eine davon ist der Koitus. Die meisten Frauen haben nämlich sehr wohl beim Partner-Sex einen Orgasmus. Sie nehmen ihn nur nicht ernst, weil sie ihn „nur" dadurch erreicht haben, indem sie sich dabei selbst gerieben, also eigentlich „onaniert" haben, oder weil sie ihn „nur" vor oder nach dem „eigentlichen Sex" gehabt haben und nicht direkt beim Vögeln. Ihre angebliche Orgasmusunfähigkeit ist also bloß ein Mythos, der entstehen konnte, weil wir uns von dem männlichen Modell – ein Orgasmus, der beim Vögeln eintritt – übermäßig stark beeinflussen lassen.

Wenn die Experten der Meinung sind, schon aus biologischen und physiologischen Gründen sollte eine Frau ihren Orgasmus zu dem Zeitpunkt haben, an dem der Mann ejakuliert, und sie aus der Tatsache, daß dies bei der großen Mehrheit der Frauen nicht der Fall ist, den Schluß ziehen, die Mehrheit der Frauen würde sexuell nicht richtig funktionieren, dann müssen sie sich auch fragen lassen: warum die Frauen? Genausogut könnte man doch sagen, daß die große Mehrheit der Männer nicht bis zum Orgasmus der Frau durchhält, daß sie einfach viel zu früh kommen, daß SIE sexuell nicht richtig funktionieren, sondern an einer Art ejaculatio praecox leiden. In diesem Sinne hätten dann nur wenige Frauen wirklich Orgasmusschwierigkeiten, dafür aber eine große Anzahl der Männer Ejakulationsstörungen. Den Frauen Probleme zu unterstellen zeigt doch nur einmal mehr die patriarchalische Sichtweise eines Großteils der Sexualwissenschaftler.

Rein körperlich betrachtet, ist ein Orgasmus halt ein Orgasmus, ganz unabhängig von der Frage, wie, von wem und wo er ausgelöst wird. Ob mit der eigenen Hand, mit einem Vibrator, durch Geschlechtsverkehr, in der Vagina oder am Kitzler, durch die Hand des Partners oder dadurch, daß er ihre Muschi leckt. Die körperlichen Abläufe sind immer dieselben. Natürlich gibt es Unterschiede in der subjektiven Empfindung der Befriedigung. Das hängt sehr von den jeweiligen Erfahrungen, der Einstellung und den Gefühlen ab. Wenn „Experten" den Orgasmus einer Frau als „unreif", als nicht „richtig" oder als „minderwertig" einordnen, dann fassen sie damit nur ihr eigenes Vorurteil in Worte und keinesfalls wissenschaftliche Tatsachen. Die unüberschaubare Masse von Büchern und Artikeln, die von multiplen Orgasmen, von G-Punkt-Orgasmus, ausgedehntem Orgasmus und soundsovielen anderen Varianten des Orgasmus handeln, gehen einfach von falschen Voraussetzungen aus. Als Ergebnis dieser leistungsorientierten, unwissenschaftlichen Annäherung fühlt sich die Frau minderwertig, was ihre Sexualität angeht. Aber jede Frau entwickelt ihr eigenes Orgasmus-Muster, das sie genießen und zelebrieren sollte, statt sich von „Sexualexperten" oder den Männern einschüchtern zu lassen, die ihr erzählen wollen, sie müsse eine ganz bestimmte Art von Orgasmus erleben.

Solange der Geschlechtsverkehr angenehm ist, ist es von eher untergeordneter Bedeutung, ob es dabei zum Orgasmus kommt oder nicht. Dabei erleben ihn ja etwa 50% der Frauen sogar beim Geschlechtsverkehr, weil sie sich nämlich gleichzeitig die Klit rubbeln oder rubbeln lassen.

Wir müssen uns auch darüber im klaren sein, daß ein Orgasmus kein standardisiertes Erlebnis ist, daß immer gleich und immer mit derselben Intensität abläuft. Der Orgasmus kann eine sehr sanfte Empfindung sein, wie Wellen oder ein friedlicher Seufzer; er kann ein sinnliches Erlebnis sein, bei dem unser ganzer Körper vor Wärme glüht; manchmal ist er so intensiv, daß wir Schreie ausstoßen und die Bewegungen des Körpers überaus heftig sind; er kann aber auch so ekstatisch sein, daß wir für kurze Zeit sogar das Bewußtsein verlieren. Es wird also der Orgasmus nicht nur von jeder Frau verschieden empfunden, sie selbst erlebt auch unterschiedliche Variationen des Höhepunktes, die vom jeweiligen Grad der Erregung abhängen.

Seit Jahrzehnten zieht sich nun schon die erbitterte und unsinnige Diskussion um den „richtigen" Orgasmus hin. Halten Konservative nach wie vor verbissen am „vaginalen" Höhepunkt fest, so vertreten viele Feministinnen ebenso verbittert die These von „klitoralen" Orgasmus, als dem einzig angemessenen. Wie das mit extremen Positionen so ist, sind sowohl die eine als auch die andere Auffassung falsch. In Woody Allens „Manhattan" ist diese Diskussion in drastischer, witziger Weise auf den Punkt gebracht. Dort heißt es: »I finally had an orgasm ... and my doktor told me it was the wrong kind.« (Schließlich hatte ich einen Orgasmus ... doch mein Arzt sagte mir, es sei die falsche Art gewesen).

Was bei dieser Diskussion fast immer vernachlässigt wird, ist die subjektive Erlebnisqualität.

In ihrer wichtigen Dissertation „Weibliche Ejakulation" beschreibt die junge Ärztin Sabine zur Nieden das folgendermaßen: „Ein Teil der Frauen berichtete, daß sie bei tiefer Penetration andere Empfindungen hätten und manchmal auch eine qualitativ andere orgastische Reaktion fühlten als bei alleiniger klitoraler Stimulation. Das ist nicht weiter verwunderlich, denn zum einen ist die Penetration ein anderes körperliches Erlebnis als die Klitorisstimulation, zum anderen unterliegen diese Sexualpraktiken einer gesellschaftlich anderen Wertung. Die subjektive Erlebnisqualität ist ein sehr komplexes psychophysisches Phänomen, also eine menschliche Reaktion aus körperlichen, seelischen, symbolischen, erlernten und kulturell überformten Wahrnehmungen", und weiter: „Wir werden das sexuelle Erleben, die Intensität der Lust oder den Grad der Befriedigung nie in die nüchternen, dürren, meßbaren Fakten der Sexualphysiologie einsperren können. Warum wir bei zarter Stimulation der Brustwarzen, des Ohres oder der Klitorisspitze oder bei der tiefen Penetration oder allein durch die Phantasie ohne jede körperliche Berührung oder durch Schmerz mit einem Orgasmus reagieren, warum wir bei dem einen Menschen mit einer tiefen körperlichen und seelischen Befriedigung, beim anderen mit einer meßbaren ‚adäquaten' körperlichen orgastischen Reaktion ohne eigentliche Befriedigung, beim dritten oder in einer anderen Situation vielleicht gar nicht reagieren, wird die Wissenschaft nicht klären können."

Es ist also ziemlich unsinnig, pedantisch auf „vaginalem" oder „klitoralem" Orgasmus zu beharren oder zwischen ihm zu unterscheiden. Der ganze Körper reagiert im Orgasmus und ganz entscheidend ist dabei die psychische Komponente. Es gibt Frauen, die brauchen unbedingt die Erregung ihrer Brüste oder zumindest der Brustspitzen, um einen Orgasmus zu erreichen. Anderen gibt der Analverkehr den entscheidenden Kick oder das Vorhandensein einer erregenden Situation, wie mögliches Entdecktwerden in halber Öffentlichkeit. Wollte man all diese Auslöser in spezielle Orgasmuskategorien einteilen, käme man vor lauter Brustwarzen-Orgasmus, Anal-Orgasmus, Ohrläppchen-Orgasmus, Situations-Orgasmus usw. aus der völlig nutzlosen Erbsenzählerei nicht mehr heraus. Man könnte nur mit Goethes Mephisto sagen: „Dann hat er die Teile in seiner Hand, fehlt leider! nur das geistige Band."

„Ausschlaggebend dafür", so Frau zur Nieden, „ob Mann und Frau allein durch die Phantasie, durch anale oder vaginale oder durch eine längere direkte Stimulation des Penis oder der Klitoris mit einem Orgasmus reagieren, ist der Grad der Erregung und damit der Wegfall der zentralen Hemmungen." Halten wir also nochmals fest: Die Unterscheidung zwischen vaginalem und klitoralem Orgasmus ist ein Mythos, genauso wie die Vorstellung ein Mythos ist, daß die Frau auf die Penetration mit einem Orgasmus reagieren muß, wenn es ein „richtiger" sein soll.

Es gibt also genügend Frauen, die sehr wohl beim Vögeln zum Orgasmus kommen. Es ist eine Frage der Erregung der ganzen Genitalregion. Wir wissen alle, daß jede erotische Berührung Erregung auslösen kann. Ob die Schenkel gestreichelt werden, der Bauch oder der Rücken, ob jemand an unserem Hals schnuppert oder an der Brust saugt. Die Klitoris aber ist der allerempfindlichste Teil, der am stärksten reagiert. Was jedoch nicht bedeutet, daß man sich deswegen allein auf sie konzentrieren sollte, um schneller zum Ziel zu kommen. Manchen Frauen ist es sogar unangenehm, wenn sie zu direkt stimuliert wird. Und doch spielt sie die wichtigste Rolle beim Entstehen sexueller Erregung. Das heißt aber nicht, daß wir sie beim Geschlechtsverkehr immer zusätzlich reizen müssen. Die Klitoris kann auch erregt werden, indem die Haut des Unterbauches oder die Schenkelinnenseite gestreichelt werden, denn die Spannung der Bauch- und Schenkelmuskulatur dehnt die Sehnen, mit der sie am Schambein festgehalten wird. Beim Vögeln wird die Klitoris indirekt stimuliert. Die Bewegungen des Schwanzes oder irgendwelche andere Bewegungen in der Scheide, so zum

Beispiel mit den Fingern oder mit einem Dildo, reizen den Kitzler, indem die kleinen Schamlippen bewegt werden. Sie bewegen durch ihre Verbindung mit der klitoralen Vorhaut diese über die Knospe vor und zurück. Außerdem schwellen die kleinen Schamlippen derart an und werden so fest, daß sie wie eine Fortsetzung der Scheide den Schwanz bei seinen stoßenden Bewegungen fest umschließen und so nicht nur die Klit, sondern auch den sehr lustempfänglichen Harnröhrenausgang, ja das ganze erogene Gebiet zwischen Klit und Scheideneingang massieren.

Angesichts dieser Tatsachen lohnt es sich durchaus, einmal zu fragen, wie wir eigentlich im Bett miteinander umgehen.

Wie geht Vögeln eigentlich?

Was Sexualität angeht, ist in unserem Kulturkreis selbst das Allerselbstverständlichste durchaus nicht ganz so selbstverständlich wie wir gemeinhin glauben.

Sie werden sich über eine solch dumme Frage wundern. Vögeln kann doch jede und jeder. Doch so dumm ist diese Frage gar nicht, wie so viele „dumme Fragen". Bleiben wir aber zunächst noch bei den Wörtern für diese schöne Tätigkeit. Für gewöhnlich redet man von Geschlechtsverkehr. Das hört sich recht sachlich, unerotisch und behördenmäßig an und wird zwischen Paaren wohl schon deshalb so gut wie nie benutzt. Häufiger sagt man schon „miteinander schlafen". Passend daran ist eigentlich nur, daß man ES meist im Bett tut, nur an Schlaf denkt dabei niemand, höchstens der Partner, der eigentlich keine Lust hat. „Vögeln", das hat wenigstens einen verspielten Tonfall und erinnert etwas an Turteln. Einige leiten es vom mittelhochdeutschen Wort für Fegen ab, womit es dann auch nur ein weiteres Rums-Rums-Wort wäre. Diese Ableitung ist aber wissenschaftlich nicht zu halten. Es stammt aller Wahrscheinlichkeit nach von „vogelen", dem Vogelfangen ab. „Bumsen" ist dagegen ein ziemlich lautes Wort und man denkt dabei eher an das Geräusch, das es macht, wenn ein Mann wie wild seinen Schwanz in die Frau rums-rums-rumst. In diese Richtung, nämlich,

Mann macht was mit passiver Frau, deuten die meisten sogenannten Vulgärausdrücke: „nageln", „fegen", „bürsten", „pudern" und was es da sonst noch alles an Merkwürdigkeiten gibt. Sehr unangenehm und für unsere Sicht des Vorgangs überhaupt nicht zu gebrauchen. Selbst das berühmte „ficken" hat so etwas Hektisches, Nervöses, eben Fickeriges an sich. Mit all diesen Zuständen aber kommen wir dem Orgasmus, um den es ja schließlich geht, nicht näher, denn der braucht etwas ganz anderes, um zu entstehen. Vielleicht fällt Ihnen ja mal was Passenderes ein, denn für ein taugliches Wort für den Koitus (grauenhaft, dieses Wort!) wäre es wirklich an der Zeit.

Wir sehen also, schon in den Wörtern zeigt sich die ganze Misere unseres Sexualverhaltens. Entweder es geht übertrieben und hektisch zu, oder es ist das alte, unangenehme Bild: der Mann fickt und die Frau wird gefickt. So etwa muß es bei jenen Paaren aussehen, bei denen die Frau absolut keinen Orgasmus kriegt. Wenn die Frau reglos gespreizt daliegt, und, während der Mann sich auf ihr abhoppelt, verbissen auf den großen Knall wartet, dann wird sie genau das wohl ewig vergeblich tun. Aber selbst Frauen, die aktiv sind, die leidenschaftlich zur Sache gehen und auch schon einiges zu diesem Thema gelesen oder gesehen haben, kommen nicht unbedingt zu jener ersehnten Erlösung. Falls doch, dann weitaus harmloser, als es in den entsprechenden Romanen oder Filmen geschildert wird. Warum? Romane und noch viel mehr die Filme sind Medien, die mit äußeren Eindrücken arbeiten müssen. Das liegt in ihrer Natur. Ein Roman muß die Phantasie des Lesers anregen, er muß im

Kopf die Stimmung schaffen, die er körperlich ja nicht erzeugen kann. Filme müssen alles, was sie zu sagen haben, in Bilder übersetzen und über diese Bilder im Kopf einen sinnlichen Reiz erzeugen. Ein Paar, das eng aneinandergeschmiegt, langsam und genüßlich vor sich hinschaukelt, ist dafür, als Bild, denkbar ungeeignet, denn der Zuschauer erfährt so nie, was in den beiden abgeht. Deshalb wird in Romanen und Filmen geturnt, was das Zeug hält. Da werden Augen gerollt, die Haare fliegen wild umeinander, Fingernägel krallen sich ins Fleisch, und der Schweiß perlt und rinnt malerisch über die Haut. Leidenschaft eben, Erregung. Der Geschlechtsakt jedoch, wenn er die körperlichen Empfindungen mobilisieren soll und wenn er, nachdem er diese gesammelt und ins fast Unerträgliche gesteigert hat, zum erlösenden Orgasmus führen soll, ist etwas ganz anderes und hat mit Bildern jedenfalls nichts zu tun. Nichts gegen Quickies oder Orgien oder den Kick mit dem Exhibitionismus, wenn man es an gewagten Orten treibt. Doch geht es da nicht in erster Linie um Orgasmus, jedenfalls nicht den körperlichen, sondern mehr um den durch die Phantasie, die Situation ausgelösten. Wirklich körperlich lustvolle Sexualität zeichnet sich meist durch ruhige, langsam sich steigernde, in einem gemeinsamen Rhythmus ablaufende Aktion aus und braucht entsprechende Ungestörtheit und Zeit. Die Amerikanerin Naura Hayden hat insofern Recht, auch wenn ihr Bestseller „Wie befriedige ich eine Frau?" ein rechter Käse ist, indem sie propagiert, die Sache langsam anzugehen und die Begehrlichkeit Zug um Zug hochzuschaukeln. Natürlich ist es bei ihr auch mal wieder der Mann, der für alles zuständig ist, also: Frau liegt da und Mann macht ihr einen Orgasmus, wenn auch auf ausgeklügelte Weise. Jetzt sind Sie am Ende noch neugierig geworden und wollen wissen, was Frau Hayden denn für ein tolles Rezept hat, daß sie daraus einen Millionenseller machen konnte. Also gut, ich will es Ihnen ausnahmweise mal nicht vorenthalten. Das Buch geht folgendermaßen: Das wichtigste im Leben ist eine lebenslange Ehe. Die meisten Ehen werden aber leider geschieden. Schuld daran ist, daß die Männer ihre Frauen sexuell nicht befriedigen können, so wie der liebe, liebe Gott es eigentlich gewollt hat, weil sie ihr immer sofort den Schwanz reinstecken, zack, bum und fertig. Statt dessen sollen sie ihre Frau streicheln, bis sie bettelt: „Steck ihn mir bitte rein". Das sollen sie aber nicht tun, sondern weiterstreicheln, bis sie sie anfleht. Dann sollen sie ihn ihr nur einen Zentimeter weit reinstecken. Erst wenn sie wie verrückt bettelt, geht's einen Zentimeter weiter. Und so immer fort, bis er dann ganz drin ist und sie in einem wahren Orgasmuskollaps explodiert und zwar garantiert – sagt Frau Hayden. Falls der Mann nicht so recht kann, liegt das lediglich an Nikotin oder Alkohol, ist also ganz leicht abzustellen. Auf diese simple Weise hält dann die Ehe garantiert ein Leben lang, und alles ist in Butter. Das ist das ganze Buch. Es ist dann noch ein wenig verlängert um endlose Kapitel, in denen Frau Hayden ihren selbstgebrauten und perfekt vermarkteten Multivitaminsaft anpreist. Den empfiehlt sie nämlich, damit die Geschlechtsteile ordentlich stramm und aktiv werden, denn, wie gesagt, Gott will eigentlich, daß in der Ehe anständig und lustvoll gevögelt wird. Wie schön! Aber kommen wir zum Ernst des Lebens zurück.

Es geht also weder darum, besonders ausgeklügelte und raffinierte Stellungen oder Sextechniken anzuwenden, denn es geht nicht um Muskelkater, sondern um den Orgasmus, noch darum, im Bett eine Leidenschafts-Show abzuziehen, denn Sie wollen nicht zum Film, sondern zum Höhepunkt. Es geht einzig und allein darum, alle Hemmnisse beiseite zu räumen, die verhindern, daß Sie sich entspannen und fallenlassen können. Diese Hemmnisse aber sitzen vor allem im Kopf, das heißt in den falschen Vorstellungen und Normen, mit denen das Sexleben nun mal belastet ist. Am besten ist ohnehin, Sie denken an gar nichts, was allerdings nicht so einfach ist, denn Sie haben am Hinterkopf keinen Kippschalter, mit dem sie das mühelos bewerkstelligen könnten. Das Grundmuster der körperlichen Lust ist nun mal die rhythmische Beckenbewegung, wie sie sich bei manchen Tieren ganz reflexartig und automatisch einstellt. Je besser Frau und Mann zu einem gemeinsamen Rhythmus finden und in ihm verschmelzen, desto größer ist die Wahrscheinlichkeit, daß sie einen wirklich befriedigenden Orgasmus erreichen. Dieser Rhythmus muß gefunden werden. Das bedeutet Übereinstimmung, aufeinander Eingehen und nicht Hektik und geiles Drama. Am Anfang steuert man die Bewegungen noch selbst, stimmt sie aufeinander ab, irgendwann werden sie dann fast automatisch, sie erreichen einen erregten Selbstlauf. Überlassen Sie sich ganz der ruhigen und lustvollen Mechanik, die Sie die Körperbewegung, das lustvolle Ineinandergleiten der Geschlechtsorgane deutlich spüren läßt. Je langsamer und „weicher“ Mann und Frau miteinander „tanzen“, desto sicherer wandelt sich die gesteuerte Bewegung in eine spontane. Wie beim Tanzen führt einer den anderen. In diesem Stadium werden sie wahrscheinlich gar nicht mehr daran denken, daß Sie unbedingt kommen müssen, es interessiert Sie gar nicht so sehr, denn das Gefühl in ihrem Unterleib ist viel zu angenehm, als daß irgend etwas es beenden sollte, nicht mal ein Orgasmus. Dies langsame, geschmeidige, ziellose Hin und Her baut ein großes Lustpotenial in Ihnen auf, und ehe Sie sich's versehen, fängt's zusätzlich an, im Bauch, in den Schenkeln und sonst noch wo zu kribbeln und zu flattern und das stärker und stärker. Dann ist er auch schon da, ganz selbstverständlich nimmt er von Ihrem ganzen Körper Besitz und wogt in Sie hinein, der Orgasmus.

Fassen wir noch mal zusammen: zumindest in der Endphase, wenn sie auf einen Orgasmus zusteuern, ist ein gemeinsamer und vor allem gleichmäßiger Rhythmus unbedingt wichtig. Denken sie daran wie Sie masturbieren, da wechseln sie auch nicht andauernd den Rhythmus, sondern reiben sich mit ganz regelmäßigen Bewegungen. Diese Gleichmäßigkeit ist wichtig weil sich der Körper auf sie einstellen und das Erregungspotential Stück für Stück aufbauen kann. Jede Unterbrechung durch einen Wechsel in der Art der Reibung oder der Geschwindigkeit unterbricht eben auch den Aufbau des Erregungspotentials. Sie fangen dann gewissermaßen wieder von vorne an. Das aber ist, wenn sie endlich ihren Orgasmus erreichen wollen, nicht der Sinn der Übung, nicht wahr?

Glauben Sie aber nun nicht, es sei alles ausschließlich eine Frage der „Technik". Das ist nur unter anderem. Es ist wohl zum größten Teil eine Frage der Stimmung, der Situation, des Grads des Begehrens oder sogar der Motivation, warum man miteinander schläft. Man vögelt nämlich nicht immer aus ein und demselben Grund. Manchmal schläft man miteinander, weil man die Nähe sucht, Zuneigung und Vertrauen. Man möchte umsorgt und behütet sein und den anderen intensiv spüren. Man ist ganz absorbiert vom Fühlen, Riechen, Schmecken, Sehen und Hören, fast wie ein Kind. Das umfassende Wohlbefinden ist das zentrale Erlebnis. Es ist keine Frage, daß man in solchen Situationen nicht zu der wilden Nummer mit den Strapsen aufgelegt ist. Manchmal will man spielen, rumtollen, sich necken oder ein bißchen raufen. Dann geht es eher zu wie bei jungen Hunden, man ist erhitzt und hat ein intensives Körpergefühl. Wir schlafen aber auch miteinander, weil wir den anderen gerade sehr lieben. Dann kann Sex etwas geradezu Heiliges an sich haben. Auch in diesem Fall wählen wir uns nicht gerade den Frühstückstisch als Ort der Handlung aus. Hin und wieder tun wir's nur, um uns die Anspannung oder den Ernst des Lebens weg zu ficken. Dann will man nur den Quickie, meinetwegen auch auf dem nächstbesten Drehstuhl. Und dann ist da noch die pure Geilheit. Meist erzeugt durch eine knisternde Spannung, die sich über einen ganzen Abend, zum Beispiel auf einer Party, langsam in immer höhere Höhen schraubt. Hinterher fällt man dann übereinander her und will und muß es jetzt sofort und unbedingt machen. Da geht's dann drunter und drüber so, daß einem selbst der Ort egal ist. Auf dem Teppich, auf dem Balkon, im Park oder mitten auf der Fahrbahn (aber seien Sie vorsichtig!)

Hier zwei Beispiele. Ein jedes steht für eine andere Situation, ein anderes Motiv und eine andere Art, „ES" zu machen.

Claudia, eine 34jährige Krankenschwester, und ihr Freund Bernd, hatten einen langen Abend bei Freunden verbracht. Die Stimmung war gut gewesen, die Gespräche interessant, und Claudia hatte an diesem Abend eine besondere Nähe zu Bernd verspürt. Erst nach Mitternacht waren sie heimgegangen, und müde und erschöpft wie sie waren, gingen sie gleich zu Bett. Sie gaben sich noch einen Gutenachtkuß und kuschelten sich eng aneinander. Claudia genoß die angenehme Wärme des anderen Körpers und wurde sich der leichten sexuellen Erregung gewahr, die sich schon während des ganzen Abends stetig aufgebaut hatte. Jetzt aber fühlte sie sich doch zu müde, um dieser Erregung nachzugehen und versuchte einzuschlafen. Bernd jedoch, der hinter ihr lag, begann, sie noch ein wenig zu streicheln, ganz sanft und absichtslos. Ihre innere Erregung stieg noch ein wenig an. Plötzlich war ihr klar, daß sie doch noch mit ihm schlafen wollte. Sie erwiderte sein Streicheln, rieb ihren Hintern an seinem Bauch und spürte auch bald seinen sich versteifenden Schwanz. Sie bewegten sich wie in Zeitlupe, denn beide hatten wegen ihrer Müdigkeit wenig Energie für große Leidenschaft. Ein wenig alberten sie auch herum, machten knurrende Geräusche und bissen sich spielerisch in Rücken und Schulter. Als Claudia sich bereit fühlte, hockte sie sich rittlings über Bernds Bauch und führte seinen Schwanz vorsichtig in sich ein. Sie hob und senkte ihr Becken ganz langsam und genoß das Gefühl, ihn in ihrem Inneren zu spüren. Das langsame und geschmeidige Auf und Ab, die regelmäßigen Kontraktionen ihrer Vagina kamen ihr vor, wie das leichte Schaukeln auf den Wellen. Die Muskeln ihrer Scheide, begannen sich jetzt rhythmisch zusammenzuziehen. Bernd legte ihr die Hände auf die Hüften und gab ihr so ein Zeichen, sich eine Zeitlang nicht zu bewegen. Er war knapp vor dem Orgasmus und wollte noch nicht kommen. Sie streichelten sich ein wenig, Bernd liebkoste ihre Brüste und dabei plauderten sie etwas über den vergangenen Abend. Nach einer Weile, begann Claudia sich wieder zu bewegen. Gemächlich hob und senkte sie sich auf ihm und dann war ihr klar, daß sie unbedingt noch einen Orgasmus haben wollte. Sie wechselten die Stellung. Am besten war es für sie, wenn Bernd von hinten in sie eindrang und ihr gleichzeitig mit der ganzen Hand den Klitorisbereich stimulierte. Sie waren auch jetzt nicht heftig. Bernd bewegte sich ruhig und gleichmäßig in ihrer geschmeidigen Möse, drängte sich ab und zu tief in sie und verweilte so eine Weile, was sie mit heftigerem Stöhnen quittierte. An ihrer Atmung und ihren Bewegungen erkannte er, wann er den Druck auf ihre Klit verstärken und wann er die Hand schneller bewegen mußte. Gelegentlich machte sie ihm auch Zeichen mit der Hand auf seinem Schenkel, indem sie ihn dort schneller, heftiger oder aber langsamer und sanfter rieb. Sie wurde immer erregter. Bald schon empfand sie ein kribbelndes Gefühl am ganzen Körper, als liefen ihr Ameisen unter der Haut entlang. Es erinnerte sie etwas an das Gefühl, das man hat, wenn einem ein eingeschlafener Arm wieder „auftaut". Dazu stellte sich auch noch ein leichtes Zittern ein. Erst erfaßte es ihre Knie, dann ihre Schenkel und schließlich den ganzen Bauch. Ganz allmählich tauchte sie in die intensive Lust ein, die sich unmittelbar vor dem Orgasmus einstellt. Sie fühlte sich wie ein Faß, das im Begriff war, umzustürzen und auszulaufen. Sie sah es regelrecht vor Augen, wie es sich im Zeitlupentempo neigte. Jeden Moment konnte es überschwappen, und es schwappte über. Heftig schlugen die Wellen der Lust über ihr zusammen. Sie lief förmlich aus. Zuckend und bockend, japsend und schreiend durchlebte sie ihren Orgasmus.

Nachdem sie sich wieder etwas beruhigt hatte nahm Bernd seine Stoßbewegung wieder auf. Erst ganz sachte und dann immer ein wenig heftiger. Er schlang seine Arme um sie, umfaßte ihre Brüste, hatte jetzt einen festeren Griff, stieß schneller und heftiger zu und fing an, mehr und mehr zu keuchen. Als sie spürte, daß es ihm jetzt gleich kommen würde wurde sie erneut sehr erregt und begann jetzt selbst, ihre Klit zu reiben. Er drängte seinen Schwanz jetzt tief in sie und sie spürte sein ruckartiges Zucken. Nur wenige Sekunden nachdem er in ihr gekommen war hatte sie ihren zweiten Orgasmus.

Schwer atmend lagen sie fast reglos da, verschwitzt und immer noch fest aneinander gedrängt. So ließen sie ihre Erregung langsam ausklingen. Irgendwann, sie waren schon fast eingeduselt, lösten sie sich etwas voneinander und schliefen ein.

Ein wichtiger Aspekt für die eigene sexuelle Erregung ist, wie wir im letzten Beispiel gesehen haben, die Lust des Partners. So schreibt Gerti Senger in ihrem Buch Zur Sache Liebling, „Für viele Menschen – Frauen und Männer gleichermaßen – ist das bewußte Erleben der höchsten Erregung des Partners der letzte Schub zum eigenen Orgasmus. Während des Höhepunktes ist ja die sensorische Wahrnehmung stark eingeschränkt – man sieht, hört und riecht kaum. Dagegen bietet das bewußte Wahrnehmen der Ekstase des Partners eine solche Fülle an Sinnesreizen, daß die sexuelle Erregung den ‚point of no return' leichter und schneller erreicht". Deswegen ist es auch besonders unsinnig, den gemeinsamen Orgasmus als höchstes sexuelles Ziel hinzustellen. Diese Akrobatik, die die Aufmerksamkeit von dem eigenen sinnlichen Erleben abzieht, ist wirklich nur eine Erfindung harmoniesüchtiger Sexualtherapeuten und Sexualberater und nichts was in der sexuellen Wirklichkeit sonderlich erstrebenswert wäre. Doch kommen wir zurück zu unseren unterschiedlichen Sex-Motivationen und Ausformungen.

Nülifer, eine junge Dolmetscherin, erzählte mir dagegen von einer ganz anderen Situation: Nach einem normalen Arbeitstag, an dem nichts Aufregendes passiert war, außer daß ihr mal wieder ein paar Gedanken über ihre etwas eingeschlafene Beziehung durch den Kopf gegangen waren, hatte sie mit ihrem Partner zusammen ein paar Freunde zu sich zum Essen eingeladen. Nach und nach trudelten die Freunde ein. Schon während des gemeinsamen Kochens entwickelte sich eine gute und intensive Stimmung, die sich später beim Essen noch steigerte. Man redete und diskutierte über interessante Themen und der Abend wurde recht lang. Auch Nülifer und ihr Freund verstanden sich blendend und fingen sogar an, immer mal wieder zwischendurch regelrecht miteinander zu flirten. Manchmal berührten sie sich sogar fast verschwörerisch, als seien sie ein heimliches Liebespaar. Man war allgemein recht aufgekratzt und aus dieser Aufgekratztheit entwickelte sich bei ihr und ihm eine mehr oder weniger vage erotische Stimmung.

Kurz nach Mitternacht verließen dann die Freunde das Paar. Nach einem kurzen Blick in die mittlerweile ziemlich chaotische Wohnküche, beschloß Nülifer, sich jetzt nicht mehr mit Aufräumen, sondern statt dessen mit Peter, ihrem Freund, zu befassen und zwar intensiv. Ihr war jetzt sehr nach Sex zumute und entsprechend bestimmt und sicher ging sie deshalb auf ihn zu. Was mit Umarmungen und Küssen begann, wurde mit der Zeit immer fordernder und heftiger. Ja so heftig, daß dabei auch schon mal ein Stuhl oder eine Flasche umfiel. Irgendwann landeten sie bei ihrem Herummachen und heftigen Gerangel an der Tür. Nülifer lehnte sich gegen den Rahmen und hob ganz spontan ihr rechtes Bein, um es gegen den gegenüberliegenden Türpfosten zu stemmen. Das war das Signal. Wild und gierig fielen sie übereinander her. Schnell hatte Peter seine Hosen um die Knie hängen, ihren Slip beiseite gezogen und flutschte regelrecht in sie hinein. Heftig und gierig vögelten sie im Stehen. Nülifer warf erregt ihren Kopf hin und her und irgendwann glitt ihr Blick dabei auch zum Fenster. Schemenhaft erkannte sie, daß ein Nachbar sie beobachtete. Er stand auf seinem Balkon. Seine Silhouette zeichnete sich deutlich ab, und sie war sich absolut sicher, daß er mit einem Fernglas herüberschaute. In diesem Moment bekam sie noch einen zusätzlichen Kick.

Plötzlich kam ein exhibitionistischer Kitzel über sie und machte sie noch geiler. Sie wand und rekelte sich provozierend und extra laszív. Pellte sich langsam aus ihren Sachen und drängte Peter zum Küchentisch. Sie schob die Teller und Flaschen mit dem Handrücken beiseite, um Platz zu machen, setzte sich auf die Tischkante, legte ihrem Freund die gespreizten Beine auf die Schultern und ab ging die Post. Immer wieder schweifte ihr Blick durch's Fenster. Ja, dort stand ihr Beobachter. Peter merkte von all dem nichts, es war ihr kleines, geiles Geheimnis. Die Vögelei nahm an Wildheit und Heftigkeit noch zu, bis Nülifer in einem unheimlich starken und schönen Orgasmus explodierte.

Männer haben zwar in der Regel kaum Schwierigkeiten mit dem Orgasmus. Ihre Schwierigkeiten bestehen eher darin, daß sie ihren Schwanz einsatzbereit kriegen. Aber jeder Mann kann Ihnen bestätigen, daß die ganz langsamen, unverhofften, unerwarteten Orgasmen die stärksten und schönsten sind.

Ein Freund erzählte mir, er hätte eines seiner gewaltigsten Orgasmuserlebnisse gehabt, als eine Freundin ihm unbedingt einen Blasen wollte. Er war einerseits geschmeichelt, befürchtete aber, wegen der etwas unmöglichen Situation, in der sie sich damals befanden, nämlich in der Wohnung von Freunden, die jeden Moment zurückkommen konnten, keinen hoch zu kriegen und war etwas zögerlich. Nach einigem Hin und Her und ihrem bestimmten Verlangen jedoch gab er auf und überließ sich ihr und ihrem Willen. „Soll sie doch machen was sie will, ich halt' mich da raus" ging es ihm durch den Kopf. So lag er denn da und dachte an nichts, schon gar nicht, ob er einen Steifen hatte oder einen Orgasmus kriegen würde. Es war ihm schlichtweg egal. Aber er hatte einen Steifen und zwar einen gewaltigen. Sie lutschte und lutschte, ohne irgendeinen Zungen-Flicker-Firlefanz, ganz gleichmäßig und langsam rauf und runter und rauf und runter. Es dauerte eine ganze Weile, eine immer schönere und immer lustvollere Weile, bis es ihm dann kam. Wie es ihm kam, konnte er mit Worten kaum beschreiben. Es war im Wortsinne unbeschreiblich. Er hob richtiggehend ab und sein ganzer Körper stand regelrecht in Flammen. Für den Rest des Tages war er erledigt, das heißt er schwebte mit weichen Knien, lächelnd über den Wolken. Es hat ihnen beiden, wie er betonte, außerordentlich gut gefallen.

Gut, soweit zum erfolgreichen Vögeln. Ich weiß, es ist einfacher gesagt als getan. Ich habe da persönlich auch so meine peinlichen Aus- und Rückfälle und weiß, daß sich in der Theorie darüber leichter reden, als in der Praxis umsetzen läßt. Denn in der konkreten Situation kommen doch allerlei Unberechenbarkeiten zusammen. Zudem ist man in der Verliebtheit oder Erregtheit nicht immer so ganz und gar zurechnungsfähig. Aber wenn es wenigstens ab und zu gelingt, hat das doch was, denke ich. Also: nur Mut, es kann nur besser werden!

Muß ein Orgasmus denn sein?

Das Wort „Orgasmus" kommt nicht von „müssen". Es ist eher mit der Orgie verwandt. „Müssen" sollte man beim Sex ohnehin grundsätzlich nicht. Man kann die Lust ebensowenig erzwingen wie die Liebe.

Das ist nun gleich noch so eine „dumme Frage". Müssen müssen sie nur atmen, schlafen, essen und aufs Klo. Sie können sehr gut ohne Orgasmus leben – wenn Sie damit zufrieden sind. Lassen Sie sich von niemandem einreden, nur mit einem Orgasmus sei Sex „richtig" und Sie eine „richtige Frau". Es kann durchaus sein, daß Sie Sex als sehr angenehm und wohltuend empfinden können, ohne daß es bei Ihnen zündelt und kracht. Bringen Sie sich bloß nicht in Leistungsstreß, nur weil in Ihrer Frauenzeitschrift neuerdings ständig vom Superorgasmus oder gar multiplem Orgasmus die Rede ist oder weil Ihre Freundin Ihnen davon mit leuchtenden Augen erzählt. Nur weil Ihr Bürokollege Ihnen etwas von dem geilen Kick des Bungee-Springens vorschwärmt, springen Sie doch auch nicht gleich am Gummiband von der nächsten Brücke. Gerade bei der Sexualität ist es wichtig, daß man seinen eigenen Bedürfnissen folgt und nicht denen anderer Leute. Das einzige worauf es ankommt, ist, daß Sie sich beim Vögeln wohl fühlen und es genießen, nicht, ob Sie dadurch zum Orgasmus kommen oder nicht.

Zum sexuellen Vergnügen gehört weit mehr als nur Schwanz und Möse, das Vögeln und die paar Sekunden Orgasmus. Zärtlichkeit gehört dazu, spielerische oder erotische Sinnlichkeit, Reden, Fühlen, Riechen und Schmecken. Wer allzu zielstrebig auf den Orgasmus fixiert ist, wird ihn eher verfehlen als erreichen.

Absichtslosigkeit ist das Zauberwort, fast wie im Zen-Buddhismus. Aus Zärtlichkeit kann eine erotische Stimmung entstehen, muß aber nicht. Aus einer erotischen Stimmung kann Geilheit entstehen, muß aber nicht. Geilheit kann dazu führen, daß man miteinander fickt, muß aber nicht. Der Geschlechtsverkehr kann dann zum Orgasmus führen, muß aber nicht. Zärtlichkeit, Sinnlichkeit und Geilheit sind Teile des Liebesspiels, das als Übergang zum Geschlechtsverkehr dienen kann, aber nicht unbedingt muß. Es sind ganz für sich positive Ausdrucksmittel der Kommunikation und Intimität. Sie geben Frauen wie Männern vielfältigere Möglichkeiten, ihre zärtlichen, sinnlichen und sexuellen Gefühle auszudrücken.

Es gibt Frauen, die leben ein ganzes Leben lang ohne Sexualität, und das durchaus nicht nur aus ideologischen Gründen, und sie sind ganz zufrieden damit. Anderen reicht es vollauf, wenn alle halbe Jahr mal nicht gleich die Bettdecke zum Schlafen über den Kopf gezogen wird. Da gibt es wirklich alle Abstufungen bis hin zu denen, die es täglich mehrmals brauchen. Eine junge Frau drückte ihr tägliches Bedürfnis neulich auf witzige Weise so aus: „Morgens Pflaumenmus, mittags Apfelmus, abends Orgasmus". Es gibt sogar Frauen, die über Kontaktanzeigen in entsprechenden Magazinen fünfzehn oder mehr Männer zu sich nach Hause einladen, um sich eine ganze Nacht lang mal so richtig satt zu vögeln.

Wie gesagt, wichtig ist allein Ihr persönliches Bedürfnis, wobei es allerdings zu bedenken gilt, daß sich Bedürfnisse auch entwickeln können. Ich will hier nicht den Status quo verherrlichen, sondern Ihnen nur raten, in sich zu gehen und darüber nachzudenken, was Sie selber wirklich wollen oder sich zu wollen vorstellen können. Machen Sie sich aber nicht verrückt, daß Sie, wenn's auch so ganz schön ist, keinen Orgasmus kriegen oder daß Sie, wenn sie einen haben, keinen multiplen Orgasmus kriegen oder wenn Sie multiple Orgasmen haben, keine zwanzig hintereinander auf die Reihe bringen. Es gibt keine Norm, die Sie erfüllen müßten. Wenn Sie meinen, daß Sie immer „schneller, weiter, höher" kommen müssen, wie es das Motto der Olympiaden nahelegt, dann sind Sie für Ihr Unglück durchaus selbst verantwortlich.

Wenn Sie aber darüber unzufrieden oder unglücklich sind, daß Ihre Lust, wenn Sie mit einem Mann zusammen sind, immer kurz vor dem „großen Ereignis" hängenbleibt oder verblubbert, dann sollten Sie versuchen, etwas zu unternehmen, damit sich das ändert. Sie müssen deswegen auch nicht gleich zum Therapeuten oder Analytiker rennen, sondern nur in Ihrem Kopf ein wenig aufräumen und sich über diesen oder jenen Zusammenhang klarwerden. Dazu will Ihnen dieses Buch helfen. Zu nicht mehr, aber auch zu nicht weniger.

In diesem Zusammenhang ist aber noch ein anderer Aspekt zu beleuchten, nämlich die Orgasmusfixiertheit. Man hat ja heute manchmal den Eindruck, der Orgasmus sei das neue Glücksversprechen, zumindest für den weiblichen Teil der Menschheit, oder wie Malcolm Mugeridge es formulierte: "The orgasm has replaced the Cross as the focus of longing and the image of fulfilment." (Der Orgasmus hat das Kreuz ersetzt als Fixpunkt des Verlangens und Bild der Erfüllung). Stellen wir also ganz allgemein die Frage, warum wollen wir Sex? Ist wirklich der Orgasmus die eindeutige Antwort, wie wir alle meinen? Ist es wirklich nur dieses kurzfristige Ereignis, das durch alle Medien geistert und bejubelt wird, als handele es sich dabei um einen profunden Lottogewinn? Gut, viele Männer zielen vielleicht genauso zielstrebig auf diese Sekunden-Sensation ab, wie viele Frauen verzweifelt versuchen, sie zu erreichen. Bei den Männern, denen das allein wichtig ist, hört der „Spaß" dann auch schon nach den berühmten drei Minuten auf, und es folgt die unvermeidliche Zigarette, schlimmstenfalls noch die unsägliche Frage: „War ich gut?". Bei den Frauen, denen nur das Erreichen des Höhepunkts wichtig ist, führt das zu Verkrampfung und einem alle Lust absorbierenden, ständigen und ungeduldigen in sich Hineinhorchen, wann es denn nun zum Teufel endlich mal anfängt zu kribbeln.

Natürlich ist es immer wieder ein Zwiespalt: Einerseits giert man dem Juckelpunkt entgegen, denn er hat ja was, wer wollte das ernstlich leugnen? Andererseits ist dann die Luft, in diesem konkreten Fall nämlich die Lust auch schon raus. Und ging es bei der ganzen Unternehmung nicht gerade um diese Lust? Warum steigen Bergsteiger auf die Berge? Um auf dem Gipfel zu stehen oder wegen der Kraxelei? Fragen Sie mal einen!

Ich meine damit, daß der Weg dahin ein mindestens genauso schönes Erlebnis ist, oder anders ausgedrückt, je aufregender die Kraxelei, desto schöner der Rundblick. Es ist schon manche schöne Alpenblume am Hang gepflückt und wider Erwarten auf dem Gipfel ans Revers gesteckt worden. Oder: Wer sich nicht verrückt macht, wird es auch nicht.

Vielleicht werden jetzt einige von Ihnen sagen, ob denn dieser ganze Sexkram nicht doch, zur Zeit jedenfalls, etwas überzogen ist. Ob da nicht eine Erwartungshaltung aufgebaut wird, die von den meisten gar nicht zu erfüllen ist. Ob man nicht mal für eine Zeitlang Sex überhaupt vergessen sollte. Also gut, gehen wir der Frage einmal nach.

Liebe ohne Sex?

Unsere Kulturgeschichte ist zwar auch eine Geschichte des sexuellen Verzichts und der körperlichen Kasteiung. In jedem Fall aber ist Sexlosigkeit eine bedenkliche ideologische Konstruktion.

Seit einiger Zeit kommt auch bei uns die sogenannte neue Keuschheit oder Enthaltsamkeit auf. Dieser Trend stammt natürlich, wie so vieles andere auch, aus den USA. Was steckt dahinter? Ein neuer Viktorianismus? Neue Prüderie? In den von allen möglichen religiösen Sekten überlaufenen USA formiert sich wieder einmal ein Feldzug gegen den Sex. Nicht nur die berüchtigte „Anti Sex League" treibt dort ihr Unwesen. Auch eine Bewegung von jungen Leuten, die Jungfräulichkeit propagiert, macht deutlich von sich reden. „Wahre Liebe kann warten" ist ihr Wahlspruch. Sie geloben schriftlich auf pastellfarbenem Papier Enthaltsamkeit bis zum Eheschluß, und die Mädchen tragen goldene Keuschheitsringe, die sie in der Hochzeitsnacht ihrem Angetrauten als Zeichen der Unberührtheit überreichen wollen. Die Jungfrauen unterstrichen ihre Absage kürzlich bei ihrem Marsch auf Washington mit mehr als 200000 Schwurkärtchen aus dem ganzen Land, die sie fein säuberlich in Reih und Glied in den Rasen der Museumsmeile zwischen Kongreß und Weißem Haus pieksten. Sie hefteten sich weiße Schleifchen an die Hemdenbrust und tanzten zu Tausenden – befreit vom Gruppendruck ihrer kondombewehrten Mitschüler und der

Furcht vor Aids – im Regen zu christlichem Rock 'n' Roll. Denn ohne Beistand ist im Kampf gegen die Hormone natürlich kein Sieg zu erringen. Sie erhalten Hilfe von höchster Stelle. Die Kirche hat sich ihrer angenommen. Und siehe da: Was vor gut einem Jahr mit vier Dutzend Teenagern in einer Baptistengemeinde im konservativ-religiösen Country-and-Western-Mekka Nashville begann, ist zu einer Bewegung geworden, die schon bis nach Kanada, Argentinien und Uganda überschwappte. Doch es sind nicht nur die alten, unbelehrbaren religiösen Moralapostel, die da Morgenluft wittern. Es gibt auch Leute, die dem Sex abschwören, um, wie sie sagen, die Liebe zu retten.

Nun ist das, was wir als Liebe bezeichnen ja in erster Linie eine Kulturleistung und nicht ein genetisch bedingtes menschliches Verhalten wie der Sex. Das Verständnis von dem, was Liebe eigentlich sei, verändert sich denn auch, je nachdem, was einer Kultur als erstrebenswert erscheint. So war Liebe zur Zeit der Minnesänger eher eine Art poetischer und ritterlicher Wettstreit mit genau festgelegten Regeln, bei denen es mehr um die Kunstfertigkeit des Ausdrucks und die Vollendung der Formen, als um direkte amouröse Abenteuer, wie wir sie heute verstehen würden, ging. Vor allem aber fand diese Liebe ausschließlich außerhalb der Ehe statt. In der Spätrenaissance und dem frühen Barock war Liebe in der Ehe eher verpönt. Liebe sollte man Gott entgegenbringen und nicht einem Menschen. Während des leichtfüßigen Rokoko, war Liebe dagegen mit viel konkreteren Abenteuern verbunden, jedenfalls in der höfischen Gesellschaft, wie es uns die Schriften Casanovas vermitteln. In der Romantik wiederum war unerfüllte Sehnsucht Trumpf. Einige vom heutigen sexuellen Gequatsche entnervte Zeitgenossen wünschen sich manchmal die Blüte der reinen und holden Liebesromantik zurück, verdrehen dabei verzückt die Augen und vergessen leider, mit wieviel persönlichen Katastrophen diese süße Schwärmerei bezahlt werden mußte. Gar nicht so selten wurden etliche dieser so bewunderten Entsagungskünstler von der Syphilis dahingerafft. Die holten sie sich abseits der großen Gefühle, denn ihren sexuellen Druck ließen sie im Puff ab und nicht bei der ach so holden Geliebten. Heute dagegen hat man manchmal den Eindruck, Liebe werde nur noch als Sex verstanden, Liebe und Sex seien sozusagen ein und dasselbe. Wir sehen also, Liebe ist schon auf die verschiedensten Weisen interpretiert worden, von völliger Abwesenheit von Sex bis hin zu seinem Synonym.

Rein theoretisch ist es daher auch durchaus möglich, Liebe ohne Sex zu leben. Schließlich kann man sich auch lieben, indem man lediglich über Briefe miteinander verkehrt. Es gibt da schließlich grandiose Beispiele in der Weltliteratur. Man kann sich auch lieben, ohne zusammen zu leben, ohne zusammen zu essen oder sonstwas. Die Frage dabei ist doch nur, ob ein solches Miteinander sinnvoll beziehungsweise angenehm ist. Das hängt aber wahrscheinlich hauptsächlich vom jeweils eigenen Geschmack und Bedürfnis ab, und da sind die Menschen eben verschieden.

Die konservative „Wende", die viele westliche Industriestaaten in den Achtzigern erfaßte und Politiker mit traditionellen Wertvorstellungen an die Regierung brachte, machte auch vor dem Sexualverständnis nicht halt. Unter Schlagworten wie „Neue Romantik“ oder „Neue Treue“ wurden Trends lanciert, die eine erneute enge Bindung von Sexualität und Liebe propagierten. Dabei kam den Propagandisten der Umstand zugute, daß nach dem euphorischen Aufbruch der sechziger und siebziger Jahre, viele Utopisten der grauen Wirklichkeit wegen resignierten und sich enttäuscht ins Privatleben zurückzogen. Auch die Frauenbewegung blieb von dem konservativen Hauch nicht verschont. Der Diskurs über Sexualität fand während der achtziger Jahre fast nur unter negativen Vorzeichen statt. Männliche Sexualität wurde als hauptsächlich gewaltsam beschrieben: Vergewaltigung, sexuelle Belästigung, Penetration, Pornografie. Auch die Aidsgefahr hat ihren Beitrag geleistet, die Lust zu erschweren oder gar zu verpönen.

In einer emotional kälter werdenden, vorwiegend leistungsorientierten Konsumgesellschaft, in der zumal Jugendliche oft nur in einer Zweierbeziehung Verständnis und Geborgenheit finden, ist das verstärkte Hinwenden zu Liebe, Treue und Zärtlichkeit mehr als verständlich. Die konservative Schlußfolgerung aber, daß Sexualität dazu im Gegensatz steht, daß sie per se gefühlsarm, mechanisch und egoistisch sei, ist ein ebenso dummes Vorurteil wie die Vorstellung, Sex allein mache glücklich und frei.

Ein ganz anderer Aspekt dieser Frage ist die Reaktion auf sexuelle Überreizung, sei es persönlicher Natur oder als Abwehr äußerer Ansprüche und Vorgaben.

Im Zusammenhang mit der sogenannten „sexuellen Befreiung“ entstand ein ziemliches Leistungsklima. Man mußte möglichst oft und mit möglichst vielen vögeln, um

„in" zu sein. In der Folge geriet der Sex zu einer Art Sport, zum Leistungsbeweis schlechthin. Die jahrhundertelange Tabuisierung des Sexuellen und die daraus resultierende Verklemmtheit führte jetzt zu einem übersteigerten Nachholbedarf, dem man auch mit Überstunden kaum gerecht zu werden schien. Ein Extrem gebar das nächste. Ob in der nüchternen Wirklichkeit tatsächlich so sehr viel mehr gebumst wurde, sei dahingestellt, entscheidend jedenfalls war der Gruppendruck. Man mußte einfach aufgeklärt, sexuell aktiv und sexuell erfolgreich sein. Der bekannte und oft zitierte Spruch: „Wer zweimal mit derselben pennt, gehört schon zum Establishment" sei auch an dieser Stelle als beredter Ausdruck für das „sexuell befreite" Klima genannt. Manchmal sieht es wirklich so aus, als gäbe es aufgrund dieser Entwicklung mittlerweile zwischen Männern und Frauen nur noch eine Art der Kommunikation, nämlich die sexuelle. Gefühle, Liebe, Herzflimmern, Romantik, gemeinsame Interessen, alles anscheinend vorbei und vergessen. Übrig einzig und allein das Bett, die Luxuswühlstatt mit Satinwäsche, auf der jede Nacht die Super-Sex-Lifeshow stattzufinden hat. Natürlich mit frisch gebuildetem Body. Wenn dem tatsächlich so ist, was ich nicht ganz glaube, wäre es dann verwunderlich, wenn sich mehr und mehr Paare diesem Streß entzögen? Wohl kaum. Natürlich ist eine derartige Sexbesessenheit und Sexfixiertheit ein idiotisches Extrem. Im schlimmsten Fall führt es geradezu in ein dem Alkoholismus vergleichbares Suchtverhalten. Schon gibt es deswegen auch Therapiegruppen, analog zu den Anonymen Alkoholikern. Daraus aber die Konsequenz zu ziehen, es überhaupt nicht mehr miteinander zu machen, ist ein ebensolches Extrem. Für Wotan und Kati, die als Paradebeispiel für eine sexfreie Beziehung von einer Talkshow zur nächsten eingeladen werden, mag das ja persönlich DIE Entdeckung sein. Daß ihr Motto: „Wir wollen nicht müssen" sich zwangsläufig in ein „Wir müssen nicht müssen wollen" verwandelt, scheint ihnen bisher jedenfalls noch nicht aufgegangen zu sein. Offensichtlich ist der Mensch nur schwer davon abzubringen, von einem Extrem ins andere zu fallen. Einigermaßen vernünftige Mittelwege sind wohl nicht nur bei Revoluzzern unbeliebt.

Sex ohne Liebe?

Es ist ein alter Traum der Menschheit, Sexualität ohne rechtliche, gesellschaftliche oder moralische Schranken zu leben und, ohne die bindenden Emotionen der Liebe. Jede Orgie ist ein Beispiel dafür.

Im Unterschied zur Kulturleistung „Liebe“ ist der Sexualtrieb ein genetisch festgelegtes Programm. Jeder Mensch hat ihn. Ohne ihn wäre der Fortbestand der Spezies nicht gewährleistet, und das ist ja bekanntlich das, was „die Natur“ am meisten interessiert. Grundsätzlich hat also Sexualität mit Liebe erst einmal gar nichts zu tun. Bei dem, was da im Vorfeld zwischen den Geschlechtern abläuft, geht es, kulturelle Beeinflussung mal ausgeblendet, um etwa das Niveau, das Miß-Wahlen, Striptease-Shows oder Bodybuilding-Wettbewerbe auszeichnet: um nichts anderes als um körperliche Vorzüge! Da mag jeder Schöngeist erschaudern, es hilft nichts. Ist im Tierreich Brunftzeit angesagt, dann gibt es nur noch eins und egal mit wem und wievielen, Hauptsache man wird rangelassen. Das geht bis quer durch die Verwandtschaft und – man kennt das etwas peinliche Erlebnis mit Rüden – auch bis zu gerade vorhandenen Besucherbeinen. Viel anders ist es beim Menschen auch nicht, nur daß diese Grundstruktur dort durch kulturelle und gesellschaftliche Regeln und Anforderungen manchmal bis zur Unkenntlichkeit überlagert ist. Wir sind es seit Jahrtausenden gewöhnt, Sexualität mit Liebe gleichzusetzen, und es fällt uns daher entsprechend schwer, uns das eine getrennt vom anderen vorzustellen. Besonders Frauen sind dazu erzogen und haben entsprechende Schwierigkeiten damit, wie wir im Kapitel „Liebe" gesehen haben. Nun onaniert so ziemlich jeder Mensch, und – mal ehrlich – kann man dabei von Liebe reden? Von Selbstverliebtheit etwa? Klar, man mag sich schon ganz gerne, aber hauptsächlich geht es dabei doch um sexuelle Befriedigung oder einfach darum, daß man leichter einschlafen oder Streßsymptome, z.B. vor einer schwierigen Arbeit, Prüfung etc. abbauen kann. Ethnologen berichten darüber hinaus von Kulturen, in denen Sexualität eher eine gesellschaftliche Übung, als eine Sache ausschließlich zwischen zwei Liebenden ist. Von Frauentausch ist dort die Rede, vom „Ausleihen" der eigenen Frau an Gäste als Zeichen der Gastfreundschaft und was es dergleichen mehr gibt. Darüber, daß in all diesen Fällen Frauen eher als Objekte behandelt werden, wollen wir uns an dieser Stelle nicht weiter unterhalten. Das wäre ein Thema für ein anderes Buch und würde uns zu weit von unserem jetzigen Thema abbringen. Ich erwähne diese Ethnologenberichte nur, um zu zeigen, daß die Menschen in anderen Kulturen Sexualität eben auch anders handhaben und wir nicht ohne weiteres unsere Art und Weise für die einzig und alleinige ansehen können. Mancher Beziehung wäre sicherlich geholfen, wenn sich die Beteiligten diesen Tatbestand, daß Sex nicht unbedingt etwas mit Liebe zu tun hat, eingestehen würden. Sexuelle Lust oder Unlust ist deshalb auch kein geeigneter Gradmesser für gegenseitige Zuneigung. Beziehungen, in denen viel gevögelt wird, sind keineswegs stabiler, ausgeglichener oder liebevoller als solche, in denen Sex eher eine Nebenrolle spielt. Die Beziehungskiste ist aus vielen Brettern gezimmert und nur eins davon heißt vögeln.

Außerdem wissen wir alle, daß der Sex, der sich in unserer Phantasie abspielt, herzlich wenig mit Liebe zu tun hat. Dabei hängen wir unseren kleineren und größeren Lüsten nach oder sind einfach nur geil. Solche Typen, die für jedes sexuelle Lüftchen, das ihnen durch den Kopf weht, gleich eine Frau flachlegen müssen und dann dazu ein wenig auf Liebe machen, um sie rumzukriegen, die sollte man eigentlich auf den Mond schießen. Das sind dann die, die andere gern als „Wichser" bezeichnen, sich dabei ganz großartig vorkommen und keinen müden Gedanken an die jeweiligen Frauen verschwenden, die angeekelt zurückbleiben und sich übel benutzt vorkommen – sehr zu Recht.

Es gibt aber auch noch das Phänomen, das Sex zum Geldverdienen eingesetzt wird. Das ist Sex ohne Liebe in Reinkultur. Feministinnen verbreiten gerne das Bild, daß alle die Frauen, die im „Gewerbe" arbeiten oder in Pornofilmen auftreten – und das sind unendlich viele – dorthin von brutalen Männern in Handschellen abgeführt, unter Drogen und Schlägen dazu gezwungen und in den Pausen in Käfigen gehalten werden. Dem ist nun wirklich nicht so. Natürlich gibt es solche Fälle, vielleicht sogar häufig, aber sie sind trotzdem nicht die Regel. Allein bei meinen Befragungen bin ich schon auf fünf junge Frauen gestoßen, die sich ihr Gehalt mit gewerblichem Sex aufbessern. Zwei Studentinnen der Psychologie nutzen ihre Semesterferien, um in Bars als Animierdamen zu arbeiten und in den angeschlossenen Séparées die Kunden sexuell zu befriedigen. Eine Tätigkeit, die ihnen nach ihrer Aussage erstens Spaß macht, zweitens ein Feld für psychologische Studien abgibt und drittens eine Summe einbringt, die den Bafög-Satz eines ganzen Jahres übersteigt. Eine Studentin der Innenarchitektur, verdient sich regelmäßig am Wochenende auf die gleiche Weise „etwas" dazu. Eine weitere Architektin sparte sich so in kürzester Zeit das Geld für eine Weltreise zusammen. Schließlich traf ich noch eine Zahntechnikerin, die sich an den Wochenenden ins gewerbliche Bett legt, um „ihren Spaß zu haben" und ihre Kurzarbeit finanziell auszugleichen. Zudem ist es bekannt, daß sich regelmäßig junge Frauen in der Pornobranche bewerben. An neuen Frauen hat dieser Wirtschaftszweig wahrlich keinen Mangel. Schwierigkeiten, und zwar erhebliche, hat er nur mit Männern, denen der Schwanz unter diesen Bedingungen steht. In den letzten Jahren haben sich eine große Zahl von Prostituierten zusammengeschlossen, die für die öffentliche Anerkennung und soziale Rehabilitation ihres Berufes demonstrieren. Sie halten dazu gutbesuchte Veranstaltungen ab und polemisieren gegen die unmenschliche Doppelmoral, der sie unterworfen sind. Sie bekennen sich zu ihrem Beruf und zu dem Vergnügen an ihm. Wenn man das Propagandabild von der ausgebeuteten und gezwungenen Frau im Kopf hat, ist es immer wieder erstaunlich, welch intelligente und selbstbewußte Frauen da auf dem Podium für ihre Sache streiten.

Mir scheint, daß auch in der Debatte um die Prostitution immer noch die alte Anschauung mitschwingt, daß Frauen weniger sexuell seien als Männer.

Typisch weiblich oder männlich?

Was macht eine Frau weiblich und was einen Mann männlich? Was sind männliche Eigenschaften und was weibliche? Alles Fragen, die eigentlich nicht endgültig zu beantworten sind.

Die Frage, was weibliche und was männliche Sexualität sei und was sie jeweils auszeichne, ist eine alte und sehr verzwickte Frage. Entsprechend vielfältig sind die Antworten, je nachdem, welcher ideologischen Couleur die Autoren und Autorinnen sind. Im Grunde ist sie unbeantwortbar und wird es wohl auch bleiben, schon deshalb, weil es die Frauen genau so wenig gibt wie die Männer. Sie ist aber auch deshalb unbeantwortbar, weil alles, was mit der Definition von weiblich/männlich zusammenhängt, von jahrtausendealten Ideologien und Vorurteilen geprägt ist. Es gibt keine Möglichkeit für uns, diese Frage von einem neutralen Standpunkt aus zu sehen. Wir sind alle entweder Frauen oder Männer. Egal welche Meinung wir vertreten, sie ist immer ideologisch gefärbt und damit nicht objektiv.

Eigentlich kann man nur statistische Ergebnisse zusammentragen, und auch die sind immer gefärbt vom Zufall der Auswahl, der Intention, dem Zeitgeist und anderen Unsicherheitsfaktoren.

Bis vor 50 Jahren hatten Frauen offiziell überhaupt kein Interesse an Sexualität oder sie sollten zumindest kein

Interesse daran haben. Entsprechend sollten Frauen – wie Kinder – vor dieser „unanständigen“ Seite des Lebens geschützt werden. Noch unsere Mütter wurden nicht nur nicht aufgeklärt, sie hatten auch große Schwierigkeiten, dies bei uns, ihren Kindern, zu tun. Selbst mit so alltäglichen, bzw. allmonatlichen Seiten des Frauseins, wie der Menstruation, wurden sie alleingelassen. Zahllos sind die Erzählungen vom Todesschrecken junger Mädchen, als sie plötzlich und unerklärbar aus ihrem Geschlechtsteil bluteten. Außer einem mürrischen oder verlegenen „Das kriegst du jetzt jeden Monat“ und einem Hinweis auf die geheimzuhaltenden Binden, erfuhren sie keinerlei Unterstützung. Meine eigene Mutter sagte mir, daß sie noch bis kurz vor meiner Geburt keine rechte Vorstellung davon hatte, wie ihr Kind eigentlich aus dem Bauch herauskäme.

Für unsere eigenen Kinder ist das heute kaum noch nachvollziehbar. Aber erst in unseren Tagen beginnen Frauen tatsächlich ihr Recht auf Sexualität, ihr Recht auf Lust zu formulieren und zwar radikal. Nach einer Zeit, in der die feministische Bewegung sich damit begnügte, alle Übel dieser Welt den Männern anzulasten und sich ansonsten einer abstrusen Weiblichkeit zuzuwenden, zeigen die neuen Frauen mehr Realitätssinn und weniger ideologische Anfälligkeit. Sie sind nicht mehr der Meinung, alle positiven Menschheitsäußerungen gingen ausschließlich auf das Konto der Frauen, sondern bekennen sich zur Vielfalt im Positiven wie Negativen. Sie sind sich bewußt, daß positiven Eigenschaften auch negative gegenüberstehen und daß auch Frauen grundsätzlich keine menschliche Regung fremd ist. Wenn jemand wie die feministische Linguistin Senta Trömel-Plötz behauptet, der weibliche Humor zum Beispiel sei per se integrativ und sauber, so belegen Witzforschungen gerade das Gegenteil. In diesem Zusammenhang ist es bemerkenswert, ja beängstigend, daß all die angeblich emanzipatorischen Bewegungen genauso auf Lachverbote dringen wie Diktatoren oder Fundamentalisten.

Gerade einige junge Künstlerinnen formulieren das Thema Sexualität mit einer Offenheit, die Männer sich nur schwerlich zutrauen. So sagt denn auch die Verlegerin Claudia Gehrke, die neben philosophischen und zeitkritischen Werken vor allem Erotisches von und für Frauen verlegt, daß Künstlerinnen, was die Formulierung oder Darstellung von Sexuellem angeht, um vieles radikaler und direkter seien als Männer. Es ist eben nicht so, daß Frauen zu diesem Thema nur blumig Umschriebenes einfällt, wie Konservative und einige Feministinnen uns weismachen wollen. Gerade die lesbische Szene zeigt, daß Frauen ein umfassendes Spektrum an Sexualität leben und leben wollen, bis hin zur harten, ja brutalen Pornografie. Schließlich kann ihnen der feministische Fundamentalismus nicht so einfach vorwerfen, ihre Äußerungen seien männlich-chauvinistisch, frauenfeindlich und entsprängen einer Vergewaltigermentalität. Junge Schriftstellerinnen verwenden selbst in der Literatur wie selbstverständlich und keineswegs abwertend, Bezeichnungen wie Titten und Fotze, statt diese Körperteile auf „weibliche" Art, süßlich oder niedlich zu umschreiben.

Der Spiegel beschrieb in seiner Ausgabe 28/94 die neue Lust der Frauen auf erotische Lektüre. „Warum Sex klug, schön und schlank macht", lehrt Cosmopolitan, aber auch „sechs gute Gründe, einen Orgasmus vorzutäuschen". Im Frühling 94 brachte das Blatt seine Leserinnen mit einem „Kamasutra-Sonderheft" auf Trab. „Elle" zeigt, andersherum, „Wie Männer einen Orgasmus türken" und beantwortet die Frage, „Warum glückliche Frauen fremdgehen". Marie Claire entdeckt die „Voyeurin" und startet eine Serie zum Thema „Fit for Love". Sex ist, glaubt man den Frauenzeitschriften, was Frauen wünschen. Wo vor kurzem noch hauptsächlich Geschichten von Schönheit, Mode und Kosmetik oder gar Emanzipation die Hefte füllten, sorgen nun der nackte Körper und das, was man mit ihm tut, für Erfolg. Die neue Frau hat, wie es scheint, das älteste Hobby der Welt wiederentdeckt. Während sich in den achtziger Jahren die Interessen weg von den tradierten Themen Kinder, Kirche, Küche hin zu Geschlechterkampf und Karriere verlagerten, sind jetzt auch diese Stoffe verbraucht. Die Leserin sei es leid, sagen die Macher, sich ständig als unterdrückte Minderheit oder eiskalte Aufsteigerin zu sehen. Während Herrenmagazine aus der Mode kommen, sei bei Frauen, wie Angelika von Hatzfeld, Chefredakteurin von Cosmopolitan, berichtet, „offen gezeigte Erotik Trumpf". Als im vergangenen Jahr Marie Claire als erstes Frauenmagazin eine unbekleidete Schönheit auf dem Titelblatt zeigte, wies der unverhoffte Erfolg darauf hin, daß erotische Bilder auch bei Leserinnen gut ankommen.

Die britische Autorin Linda Grant schreibt in ihrem jüngst erschienenen Buch „Versext – die sexuelle Revolution: Geschichte und Utopie" daß es offensichtlich eine neue

Generation von Frauen gibt, die nach den sechziger Jahren geboren wurden und die Madonna als Prototyp der sexuell aktiven und selbstbestimmen Frau empfinden. Sie sind nicht mehr die unbedarften sexuellen Groupies der angeblich so freien sechziger Jahre, sondern formulieren ihre eigenen Wünsche und versuchen, sie in die Tat umzusetzen. Um jedoch die Schwankungen in der Haltung zur Sexualität zu illustrieren möchte ich nochmals den Spiegel zitieren: „Sex, ist offensichtlich in den Neunzigern bei Frauen gesellschaftsfähig geworden, nachdem auf die sex-euphorischen sechziger Jahre zunächst ein Rückschlag durch gestrenge Feministinnen gefolgt war. In den Siebzigern war Lust verdächtig, gerade emanzipierte Frauen fühlten sich hauptsächlich als Opfer und Objekt männlicher Sexualität, die fast gleichgesetzt wurde mit Gewalt. Den Höhepunkt erreichte die Lustfeindlichkeit dann Ende der achtziger Jahre mit der PorNo-Kampagne der erzreaktionären und paranoiden Sexualfeindin Andrea Dworkin (Der Geschlechtsakt zwischen Mann und Frau ist widernatürlich). Die PorNo-Debatte jedoch hatte unerwartete Nebenwirkungen. Einige Frauen begannen eine erotische Gegenoffensive. Claudia Gehrke, die Herausgeberin von „Mein heimliches Auge", einer Art Antologie von Kunst und Pornografie, hat in den letzten Jahren einen enormen Zuwachs an Einsendungen erotischer Texte und Bilder gerade von Frauen verzeichnet. „Früher war es mühsam, deutlich erotische Texte von Frauen zu bekommen. Heute werde ich überflutet mit sexuellen Frauenphantasien." Aber auch eindeutig sexuelle Kontaktmagazine, wie Happy Weekend (mit einer Auflage fast so hoch wie „Elle") bringen mehr und mehr Anzeigen und Erlebnisberichte von Frauen, die an sexueller Drastik und Obszönität, bis ins Vokabular hinein, nichts zu wünschen übriglassen. Hier ein Beispiel von vielen: „Auf Gran Canaria habe ich mich am Strand und in den Dünen enthemmt und versext ausgetobt. Habe gleich am ersten Urlaubstag die Leute mit hautengem Mini aufgegeilt und dann nix ausgelassen. Vom Dreier über den Vierer zum ‚Sexser', im Mund, Möse und Arsch, überall rein!" usw., usw. (es folgte ein dreiseitiger Detailbericht). In Lesbenkreisen ist man sogar den sogenannten „weiblichen" Schmusesex leid, wie man in den einschlägigen Sex-Magazinen der Szene, wie z.B. Austern oder in „Susie Sexperts Sexwelt für Lesben" ausführlich nachlesen kann.

Wahrscheinlich müßen wir in Zukunft unser Bild von weiblicher Sexualität gründlich ändern und dürfen gespannt sein, ob sie tatsächlich nur feinfühlig oder romantisch ist oder ebenso hemmungslos und abgründig, wie ein anderes Vorurteil es von der männlichen Variante sagt. Vielleicht wird der Unterschied so groß nicht sein, und es wird endlich klar, daß es auf beiden Seiten der Geschlechterlinie sowohl das eine, wie auch das andere gibt.

In Studien der Sexualforschung wird immer wieder darauf hingewiesen, daß die Entwicklung der sexuellen Potenz bei Frauen und Männern ungleich verläuft. Männer, so heißt es, hätten ihre sexuelle Hochphase ungefähr im Alter zwischen 18 und 25, danach klänge sie langsam ab. Frauen dagegen würden ihre sexuelle Hoch-Zeit erst ab 35 erreichen. Das ist nun alles schön und gut und sicher gründlich belegt. Nur macht das alles biologisch keinen rechten Sinn. Schließlich ist sich auch heute die Medizin darin einig, daß Frauen ihre Kinder eher früher als später bekommen. Geht man davon aus, daß in früheren Jahrhunderten die Lebenserwartung oft gerade nur 35 Jahre betrug, so hätten die Frauen den Gipfel ihrer sexuellen Leistungsfähigkeit überhaupt nicht richtig erreicht. Statistische Untersuchungen geben den Ist-Stand wieder. Sie können sich zum Vergleich nur auf Vergangenes stützen. Nun werden solche Untersuchungen aber erst seit den fünfziger Jahren gemacht. Der Zeitraum, für den diese Daten stehen, ist also denkbar kurz. Ich denke, daß sich in diesen Feststellungen weniger eine biologisch bedingte und in diesem Sinne natürliche Diskrepanz abzeichnet, sondern vielmehr ein gesellschaftlich bedingter Unterschied. Schon von jeher hatten Männer frühzeitig einen mal mehr, mal weniger großen Experimentierspielraum. Es war geradezu erwünscht, daß sie sich rechtzeitig „die Hörner abstoßen". Mädchen dagegen waren oft unter großem gesellschaftlichem Druck verpflichtet, sich „aufzusparen". Sexuelle Experimente, das Sammeln von Erfahrungen war für sie schlicht undenkbar. Dieses Ungleichgewicht begann sich eigentlich erst Ende der sechziger Jahre, mit dem Aufkommen der Pille und der allgemeinen Liberalisierung der Sexualmoral, zu lockern. In dieser unterschiedlichen Bewertung des Beginns von männlicher und weiblicher Sexualität liegt schon ein wesentlicher Grund für die festgestellte Verzögerung weiblicher Potenz begraben. Eine ganz andere Frage ist, was man eigentlich unter Potenz, Leistungsfähigkeit oder Hochphase versteht. Sollten darunter beim Mann die Erektionsfähigkeit, die Anzahl der aufeinanderfolgenden Ejakulationen und dergleichen, also hauptsächlich quantitative Kriterien, verstanden werden, so mag ja die „Hochphase" zwischen 18 und 25 Jahren liegen. Qualitativ gesehen, was die Intensität der Orgasmen, die Fähigkeit zum Genuß, das Beherrschen eines gewissen Repertoires usw. angeht, dürften auch Männer ihre „Hochphase" erst ab 35 erreichen. Ich selbst erinnere mich zwar an gewisse Marathon-Leistungen in der jugendlichen Verliebtheit, die aber über ein simples Rein-Raus selten hinausgingen, dazu fehlte sowohl mir als auch meiner Partnerin schlichtweg die Erfahrung. Umwerfende sexuelle Erlebnisse erinnere ich eher aus der Zeit nach 35. Um auf den Punkt zu kommen: Wenn die Mädchen und jungen Frauen es mehr und mehr lernen, Sexualität nicht als den entscheidenden Schlüssel zum Liebesglück zu sehen, sondern frühzeitig beginnen, ihre Erfahrungen zu machen und ein unbelastetes Verhältnis zum Sex zu entwickeln, wird sich bei ihnen die Kurve der Genußfähigkeit deutlich nach vorne verschieben. Schon heute ist zu beobachten, daß junge Frauen durchaus heftige und befriedigende Sexualität leben können, während auch junge Männer, durch das Zusammentreffen mit selbstbewußten und ihre sexuellen Interessen deutlich artikulierenden Frauen, früher zu intensiveren und umfassenderen Erlebnissen kommen. Gerade das sexuelle Verhalten und die sexuelle Erlebnisfähigkeit scheinen besonders deutlich von gesellschaftlichen, ethischen und moralischen Normen geprägt und daher auch besonders wandelbar zu sein.

Es ist nun schon unendlich viel über männliche und weibliche Sexualität und deren Unterschied geschrieben worden. Jeder Autor und jede Autorin führt für sein oder ihr Argument triftige Gründe an. Und doch scheint alles sehr zweifelhaft. Gerade Antworten zu männlich/weiblich und besonders zur Sexualität, sind hochgradig von Ideologien geprägt. Dieses Buch bildet da keine Ausnahme. Wird heute der Unterschied heruntergespielt, wird er morgen wieder betont und hervorgehoben, um übermorgen wieder nivelliert zu werden. Das geht so über die Jahre fort und niemand weiß Genaues. So auch die alte und immer wieder heftig diskutierte Frage, inwieweit geschlechtsspezifisches Verhalten genetisch angelegt oder aber durch gesellschaftliche Formung entstanden ist. Wir wollen und können sie hier nicht klären. Festzuhalten ist lediglich, daß sich sogenanntes „weibliches" oder sogenanntes „männliches" Verhalten mit geradezu erschreckender Regelmäßigkeit manifestiert. Feministinnen neigen natürlich dazu, vor allem die Gesellschaft, die Kulturprägung, dafür verantwortlich zu machen und daraus ihre Forderung nach Umerziehung abzuleiten. Andere wiederum suchen den Ursprung in der unterschiedlichen Gehirnstruktur, was dann gerne von Unbelehrbaren dazu mißbraucht wird, einen möglichen Unterschied qualitativ zu werten und als Beweis für die Überlegenheit des einen über das andere Geschlecht anzusehen. Wahrscheinlich ist weder das eine noch das andere als solches richtig. Sowohl die Entwicklung der menschlichen Gesellschaft als auch die genetische Struktur der Geschlechter sind derart komplex und über viele Schleifen miteinander verbunden. Die Wechselwirkung aller Faktoren führt letztlich dazu, daß diese Frage niemals eindeutig enträtselt werden kann.

Jetzt haben wir einige Aspekte der Sexualität beleuchtet und haben uns eingehend mit den Empfindungen und Bedingungen des einzelnen befaßt. Da sexuelle Störungen, vor allem aber die Schwierigkeiten mit dem Orgasmus, hauptsächlich oder gar ausschließlich in der Paarbeziehung auftreten, wollen wir uns nun diesem Thema zuwenden.

Die traute Zweisamkeit

Zu zweit ist zwar manches einfacher, Sexualität aber in jedem Fall komplizierter. Unsere Fähigkeit oder unsere Unfähigkeit miteinander zurechtzukommen ist eine entscheidende Voraussetzung für die Qualität unseres sexuellen Alltags.

Viele von Ihnen wissen es aus eigener Erfahrung, in der ersten Phase der Verliebtheit und am Anfang der Beziehung spielt Sex eine große Rolle. Ob während eines Spazierganges im Wald, in der Dämmerung auf der Bank am See oder im Auto auf dem Rastplatz, überall und jederzeit sind sie bereit es zu tun. Je schamloser und ausgefallener desto besser. Aber wenn sie dann ein Paar geworden sind, zusammen wohnen und das tägliche Leben miteinander teilen, merken sie irgendwann, daß die sexuelle Lust aufeinander sich langsam immer mehr verflüchtigt. Sicher, sie sind glücklich miteinander, doch sexuell ist es nicht mehr das, was es am Anfang gewesen war.

Es ist ein ständiges Thema in Frauenzeitschriften und Eheratgebern, wie man das Feuer der sexuellen Leidenschaft in der langandauernden Beziehung am Leben halten beziehungsweise wieder entfachen kann. Beate Uhse zum Beispiel, hat auf diesem Problem ihr Imperium gegründet. Sexualität in ihrer leidenschaftlichen und heftigen Ausprägung, das ist uns allen aus dem Sinn gekommen, ist ein Vehikel des Zusammenkommens, nicht des Zusammenbleibens.

Jedenfalls in der Regel. Diese Tatsache ist in früheren Zeiten kein solch gravierendes Problem gewesen wie heute. Zum einen wurde Sexualität nicht als Zentrum der Beziehung angesehen, sondern die Sippe, die Familie, der gemeinsame Hof oder die gemeinsame Werkstatt. In den herrschenden Kreisen war es Machterhalt und Machterweiterung. Zum anderen lebten Paare, selbst wenn sie ein Leben lang zusammenblieben nicht so lange Zeit zusammen wie heute. Angesichts der geringen Lebenserwartung stellten zehn Jahre eine überaus lange Ehe dar. Heute leben Paare, die zusammenbleiben dreißig, vierzig und mehr Jahre miteinander. Selbst die feurigste sexuelle Leidenschaft ließe sich über eine solche Zeitspanne niemals aufrechterhalten. Wir haben aber merkwürdigerweise fast alle die Illusion, daß es möglich sei, denn die Sexualität ist zum Zentrum der Beziehung geworden. Lediglich Kinder sind heute noch ein materieller und ideeller Grund außerhalb der Sexualität, der ein Paar zusammenhält. Kinder aber sind, wir wissen es, ein Lustkiller allerersten Ranges. Alle anderen Gründe, wie Familienerhalt, gemeinsamer Besitz oder gemeinsame Arbeit sind mehr und mehr entfallen. Unter Liebe verstehen wir heute sinnliche Leidenschaft, sie ist der Grund für unser Zusammenleben und zum Gradmesser für die Qualität der Beziehung geworden. Leidenschaft und Dauer jedoch schließen einander aus. Der französische Soziologe Philippe Ariès sagte deshalb auch, daß wir die ersten Menschen wären, die ein Paradoxon zu leben versuchten. „Diese Ehekonzeption", so Ariès, „macht es den Ehegatten zur Pflicht, einander wie Verliebte zu lieben – oder wenigstens so zu tun". Die Ehe oder auch das eheähnliche Zusammenleben, die langandauernde Beziehung also, wird – dem Ideal nach – zu einer Dauereinrichtung leidenschaftlichen Verlangens. Der Sexualwissenschaftler Gunther Schmidt kritisiert diesen Zustand mit den Worten, „Sexualität wird zur Zwangsbedingung der Liebe und umgekehrt. Dauer und Leidenschaft versucht unser modernes Eheideal zusammenzukitten und verlangt damit die Quadratur des Kreises."

Die erste Verliebtheit ist ein Ausnahmezustand. In der narzistischen Euphorie lösen sich viele Hemmungen, Frauen können es genießen, eine Zeitlang nichts weiter zu sein als ein geiles Weib. Doch wenn dann aus dem Liebhaber der ersten Wochen ein Partner für die nächsten Jahre wird, kommen manche in Konflikt mit ihrem Selbstbild. Sie wollen nicht mehr nur heiß begehrt, sondern auch anerkannt und ernst genommen werden. Die Balance von Macht, Autonomie und Abhängigkeit muß sensibel ausgehandelt werden. Wenn die Liebe nicht mehr im luftigen Niemandsland stattfindet, dann können etwa Spiele um Dominanz und Unterwerfung ihre Unschuld verlieren. Eine Frau mag es als lustvoll erleben, in einem fremden Hotelzimmer aufs Bett geworfen zu werden, die gleiche Geste im gemeinsamen Schlafzimmer aber als verletzend und bedrohend empfinden.

„Die alltägliche Sexualität in festen Beziehungen, ihre Trivialisierung", so Gunther Schmidt, „ist nicht einfach Abstumpfung, Langeweile, Gleichgültigkeit, sondern ein durchaus notwendiger und sinnvoller Schutz der eigenen Autonomie, der eigenen Identität vor Selbstauflösung, ein wichtiges Ventil in der Nähe-Distanz-Bilanz".

Zumal der Übergang von der verliebten Anfangsphase in die nüchterne Beziehung ist schwierig. Viele Paare entwickeln dann nicht nur eine Babysprache der Zärtlichkeit, sondern reaktivieren auch Muster einer Mutter-Kind-Beziehung. In ihr aber ist für aggressiven Sex kein Platz. Zum Teil aggressive, zum Teil expansive Wünsche nach Ungebundenheit, Freiheit, Triebhaftigkeit werden verdrängt, weil sie als viel zu bedrohlich für die Partnerschaft eingestuft werden. Bedrohlicher jedenfalls als die dagegen als harmlos erscheinende Lustlosigkeit. Dieses Brüderlein-Schwesterlein-Syndrom tritt gerade bei jungen Paaren recht häufig auf.

Christine, die sich selbst gern kurz Chris nennt, und mittlerweile 55 Jahre alt, ist eine Frau von ländlicher, bäuerlicher Herkunft, die mit Verbissenheit und Fleiß aus der Misere des Landlebens ausgebrochen ist. Der beschämenden Situation der ständigen Verschuldung ihres Elternhauses setzte sie schon früh ihren Traum von einem gesicherten Leben entgegen. Als eine von wenigen Frauen schaffte sie es, in den frühen sechziger Jahren Bauingenieurwesen zu studieren und als Statikerin in einem angesehenen Ingenieurbüro zu arbeiten. Männer hatten bisher in ihrem Leben keine große Rolle gespielt. Sie war viel zu sehr mit ihrem ehrgeizigen Ziel beschäftigt. In Männern sah sie entweder gute Kumpel auf der einen Seite oder machomäßige Kotzbrocken auf der anderen Seite. Ihren ersten sexuellen Kontakt war sie mit 22 Jahren mehr aus Nächstenliebe denn aus sexueller Erregung eingegangen. Sie sah sich damals nicht in der Lage, sich dem Drängen des Mannes zu entziehen, denn sie wollte ihn nicht vor den Kopf stoßen. So fügte sie sich in die Umstände und erlebte ein Desaster, an das sie sich später nur ungern erinnerte. Eine mechanische, schmerzhafte und irgendwie ekelhafte Veranstaltung. Später lernte sie einen jungen Ingenieur kennen, mit dem sie sich beruflich sehr gut verstand.

Natürlich redeten die beiden auch über Sex. Das war damals das große Thema, und man war selbstverständlich aufgeschlossen und modern und gegen den moralischen Muff der Adenauerzeit. Aber es war eben nur eine eher politische Haltung bei ihr, als wirklich sexuelles Interesse. Nachdem die beiden schon ein dreiviertel Jahr eng miteinander befreundet waren, ergab es sich irgendwie, daß sie auch miteinander schliefen. Es war nicht unangenehm für sie, aber auch nicht aufregend. Es gehörte halt dazu und warum auch nicht. Ihr Freund kämpfte sich auf ihr ab, um sie zum Orgasmus zu bringen, doch irgendwann brachen sie das Ganze erschöpft ab, es ging eben nicht. In ihrer ganzen achtjährigen Beziehung gelang es ihr nicht einmal, einen Orgasmus zu erreichen. Es war ihr auch nicht wirklich wichtig. Wichtig war für sie das gemeinsame Basteln an der Karriere. Da ließ sich auch alles gut an, denn im Laufe der Zeit waren sie eine verschworene und sogar glückliche Kampfgemeinschaft geworden, die sich jeder beruflichen Herausforderung gewachsen fühlte. So war ihre Beziehung weniger die von Mann und Frau als die von Schwester und Bruder, vielleicht sogar die von Geschäftspartnern. Chris gehört zu den Frauen, die zwar offen und liberal über Sex reden kann, ihn aber für ihr Leben nicht so wichtig findet.

Ein weiteres merkwürdiges Phänomen ist, daß in Paarbeziehungen regelmäßig die Neigung aufkommt, Fähigkeiten oder Eigenschaften zu delegieren. Hat sich zum Beispiel einer der beiden beim Buchen des Urlaubs geschickt verhalten oder beim Besorgen von Theaterkarten, so kann er ziemlich sicher sein, daß er fortan mit dieser Aufgabe betraut wird. Der andere zieht sich aus diesem Geschäft zurück und delegiert seine eigenen Bedürfnisse in diesem Bereich auf den Partner.

Aber auch Rollenklischees werden auf diese Weise gefestigt. Heutzutage kann eigentlich jeder Mann wenigstens ein wenig kochen und jede Frau ist in der Lage, selbst ein Loch in die Wand zu bohren. Jeder von ihnen tut das auch problemlos, solange er alleine lebt. Als Paar jedoch bringt der Mann schon nach kurzer Zeit kein Spiegelei mehr zustande, und die Frau ruft hilfesuchend nach dem Mann, wenn auch nur eine Glühbirne auszutauschen ist.

Dies Delegieren geht so weit, daß auch Eigenschaften und Verhaltensweisen an den anderen abgetreten werden. Ist einer der beiden öfter mal kritisch, so ist er schon bald für den Bereich Kritik zuständig, während der andere sich aufs Verständnisvolle verlegt und die Kritik zu mildern sucht. Regt sich der „Kritiker" über jemanden auf, ergreift der „Verständnisvolle" Partei für den Kritisierten, und das mit schöner und etwas nervender Regelmäßigkeit.

Oft fällt dieses Phänomen gar nicht so auf, weil es sich zum Teil mit dem spezifischen und altbekannten Rollenbild deckt. Die Frau als der psychologisch denkende, ausgleichende Mensch, der selbstverständlich auch die Pflege der sozialen Kontakte übernimmt.

Warum ist dieses psychische Phänomen des Delegierens für uns interessant? Es ist es deshalb, weil auch die Sexualität in der Paarbeziehung davon berührt, ja mitunter geprägt wird. Einer der beiden findet sich plötzlich als für die „Eröffnungssituation" verantwortlich. Es wird ihm überlassen, den ersten Schritt zu tun, während der andere sich aufs Abwarten verlegt. Klassischerweise ist dies oft der Mann, der damit in eine zwiespältige Situation gerät. Ob er nun tatsächlich der sexuell Aktivere ist oder nicht, über das weitverbreitete Vorurteil, Männer wollten immer nur das eine, wird er per Delegierung dazu verdammt. Frauen, die ihre eigene Initiative auf diese Weise an den Partner abtreten, sich nur noch aufs subtil Zeichensetzen beschränken, geraten so in eine Passivität, die es ihnen erschwert, ihre Lust selbstverantwortlich aufzubauen und dann auch entsprechend auszuleben. Reagiert der Mann nicht auf ihre Signale, verzichten sie lieber schmollend aufs Vergnügen, als selbst die Sache in die Hand zu nehmen. Falls sie es dann doch mal, wider Erwarten, tun, reagieren die Männer, die an diese Rollenverteilung gewöhnt sind, oft mit Lustlosigkeit oder sogar Impotenz.

Die Dauer der Partnerschaft, sosehr man sie sich auch wünscht, hat, wie ich schon anfangs erwähnte, in sexueller Hinsicht ihre Tücken. Es ist vor allem die gemeinsame Paargeschichte, die sich als Hindernis erweisen kann. Keine Beziehung besteht nur aus freudigen Ereignissen. Eine Vielzahl kleiner oder größerer Enttäuschungen belastet das zwanglose Umgehen miteinander. Man kennt mittlerweile die Empfindlichkeiten des anderen oder macht sich zumindest ein Bild von ihnen. Oft ist das Bild vom anderen stärker als das tatsächliche Erleben. So rechnet man anhand dieses Bildes immer schon voraus, wie der andere reagieren wird und verhält sich danach, statt auf ihn zuzugehen und ihn reagieren zu lassen. Irgendwann entsteht daraus dann ein Wust von Vorurteilen, die auch die Lust aneinander beschädigen. Ein bißchen mehr Mut und Offenheit, ein bißchen mehr Risikobereitschaft helfen da, solche unausgesprochenen Vorbehalte zu beseitigen und sich wieder wirklich zu begegnen. Gerade diese Vorurteile dem anderen gegenüber beschleunigen den ohnehin stattfindenden Prozeß des Versiegens sexuellen Begehrens. Sie verhindern auch, daß man eine, dem aktuellen Stand der Beziehung angemessene Art der Sexualität entwickeln kann. Genauso wie man sich von seinem Partner ein Bild macht, macht man es sich auch von der Sexualität mit ihm. Das ist zumeist ein Bild aus vergangenen Tagen, wo alles noch etwas feuriger zuging. Statt die Paarsexualität auf eine neue Stufe zu heben, trauert man irgendwelchen aufregenden Erlebnissen nach, und es schleicht sich unmerklich eine Haltung von „Wenn nicht so, dann gar nicht" ein. Mit dieser Grundhaltung macht dann Sex nur noch wenig Spaß, weil man ständig einen falschen Maßstab anlegt, und führt dazu, daß der Mann Erektionsprobleme und die Frau Probleme mit dem Orgasmus bekommt.

Nun werden in vielen Büchern oder Zeitschriften Tips und Ratschläge gegeben, wie man die eingeschlafene Lust wieder ankurbeln kann. Diesen Ratschlägen gegenüber ist äußerste Skepsis angebracht. Es ist ein Irrtum, daß Raffinement und Technik die alte Einzigartigkeit der Sexualität, die sie am Beginn der Beziehung hatte, zurückholen können. Wie ich schon gesagt habe, sind Dauer der Beziehung und leidenschaftliche Sexualität zwei Dinge, die sich ausschließen. Wir müssen der Realität ins Auge sehen und sie akzeptieren, daß die Sexualität in einer Dauerbeziehung andere Inhalte hat als die der Verliebtheit. Dieses andere sexuelle Begehren aber ist eine Frage der Beziehung, des seelischen Miteinanders, des miteinander Redens, der Offenheit, der gegenseitigen Achtung und des gegenseitigen Ernstnehmens. Nur einen Partner, den ich ernst nehme kann ich auch interessant finden, sexuell und auch auf allen anderen Gebieten. Die Lust ist also keine Frage von Äußerlichkeiten. Strapse alleine bringen die Lust nicht in Gang, sie wirken bei einem abgewandten Partner eher hilflos und lächerlich.

Alles nur Ideologie?

Es ist immer wieder erstaunlich, daß die angeblich natürlichste Sache der Welt ein solcher Spielball der Ideen und Interpretationen ist.

Ein Arzt des 18. Jahrhunderts erzählte in einem medizinischen Traktat die folgende Geschichte, um seinen Lesern deutlich zu machen, daß nur ein wissenschaftlicher Test einen Menschen zweifelsfrei für tot erklären konnte Ein junger Geistlicher, kam eines Tages zu einem Landgasthof. Dort fand er die Wirtsleute von Kummer überwältigt, weil ihre einzige Tochter am selben Tag gestorben war. Sie baten den jungen Mönch um geistlichen Beistand und darum, die Nacht über bei dem Leichnam zu wachen. Das tat er auch, war aber so überwältigt von der Schönheit des Mädchens, daß er sein Keuschheitsgelübde und alles um sich herum vergaß und sich an ihr verging. Am nächsten Tag, als der Sarg gerade geschlossen werden sollte, bemerkte jemand, daß das Mädchen sich bewegte. Tatsächlich erwachte sie auch bald aus ihrem Zustand, bei dem es sich nur um eine Art Koma gehandelt hatte. Die Eltern waren überglücklich, bis sich nach wenigen Monaten herausstellte, daß das Mädchen schwanger war, obwohl sie beteuerte, niemals mit einem Mann zusammengewesen zu sein. Der Fall erregte damals große Aufmerksamkeit.

Andere Ärzte seiner Zeit jedoch teilten nicht ganz die moralische Empörung, sondern wiesen darauf hin, daß der

Mönch völlig zu Recht davon ausgegangen war, daß das Mädchen tot sein mußte, denn wäre sie noch am Leben gewesen, hätte sie unweigerlich ein deutliches Zeichen ihres Orgasmus von sich gegeben. Noch im achtzehnten Jahrhundert bestätigte nämlich jedes Medizinbuch und jeder populäre Leitfaden über Geburtshilfe, daß eine Frau nur schwanger werden konnte, wenn sie höchste sexuelle Lust empfand. Diese Auffassung ging zurück auf eine Theorie des antiken griechischen Arztes Galen. Danach öffne der weibliche Orgasmus den Mund der Gebärmutter und setze den weiblichen Samen frei, der für den Akt der Zeugung zwar nicht genauso wichtig sei, wie der des Mannes, der aber mit ihm zusammen schönere und gesündere Kinder hervorbrächte. Deswegen wurde auch die weibliche Selbstbefriedigung sowohl von Beichtvätern als auch von Ärzten gebilligt, solange sie der Vorbereitung auf den Geschlechtsverkehr diente, zum Beispiel um die Gleitfähigkeit zu erhöhen oder wenn der Mann vorzeitig ejakuliert hatte. Die Mehrzahl der Theologen akzeptierte nämlich die Theorie Galens, wonach die Frau diese Lustfähigkeit nicht hätte, wenn sie ohne jeden Fortpflanzungsnutzen sei. Jegliche Theorie hat jedoch ihre Grenzen, wenn sie zu offensichtlich nicht mit der Wirklichkeit übereinstimmt. Es gab also eine gar nicht so ferne Zeit, in der die tagtägliche Erfahrung diese Auffassung stützte, daß zur Befruchtung der Orgasmus unentbehrliche Voraussetzung sei. Die Schwangerschaft als Folge des Geschlechtsverkehrs war damals, im 17. und 18. Jahrhundert, eher die Norm, zumal ja fast alles Wissen um Verhütung, während der vorangegangenen Hexenverfolgung ausgerottet worden war. Bei einem Zustand, wie wir ihn heute haben, daß bis zu 90% der Frauen angeblich beim Geschlechtsverkehr eben keinen Orgasmus erreichen, könnte sich niemals eine solche Auffassung halten, einfach, weil sie jedweder Erfahrung widerspräche. Es hieße nämlich, daß eine überwiegende Zahl von Frauen unfruchtbar bliebe. Hinzu kommt, daß die Frauen, die Kinder bekamen, sehr jung waren, was vehement gegen die auch von mir bezweifelte These spricht, eine Frau erreiche erst nach ihrem dreißigsten Lebensjahr ihre volle sexuelle Potenz. Der Orgasmus beim Geschlechtsverkehr, zum Zeitpunkt der männlichen Ejakulation, zumindest kurz danach, war also damals die allgemein beobachtete Norm und selbst für ganz junge Frauen offenbar eine Selbstverständlichkeit. So weit so gut.

Innerhalb von nur hundert Jahren, wurden jedoch die „alten Wertigkeiten" auf den Kopf gestellt. 1871 äußerte der Arzt William Acton die folgende Ansicht: „Die Mehrzahl der Frauen werden zum Glück der Gesellschaft von sexuellen Empfindungen jeglicher Art nicht sehr bedrängt. Verheiratete Männer und Frauen würden die weibliche Natur gegen die schmutzigen Verleumdungen in Schutz nehmen, mit denen das liederliche Verhalten und die ungezügelten Gelüste einiger ihrer schlimmsten Exemplare sie besudelt haben. Die besten Mütter, Ehefrauen und Haushaltsführerinnen" (sieh mal einer an!) „wissen wenig oder nichts von sexuellen Ausschweifungen. Es gilt allgemein die Regel, daß eine sittsame Frau selten sexuelle Befriedigung für sich selber begehrt. Sie unterwirft sich dem Ehemann, aber nur ihm zu Gefallen, und würde, wäre da nicht der Wunsch nach

Mutterschaft, lieber von seinen Aufmerksamkeiten verschont bleiben."

Wir sehen also eine überaus erstaunliche Umkehrung der Ideologie. Der Wissenschaftler Thomas Laqueur bemerkt dazu: „Der Gemeinplatz einer heute weitverbreiteten Psychologie – daß Männer Sex wollen, Frauen aber Beziehung – ist die exakte Umkehrung der voraufklärerischen Vorstellungen, die, bis in die Antike zurückreichend, Freundschaft mit Männern gleichsetzen und Sinnlichkeit mit Frauen. Frauen, deren Gelüste – der alten Ordnung der Dinge zufolge – keine Grenzen kannten und deren Vernunft der Leidenschaft wenig Widerstand entgegenbrachte, wurden nun in einigen Darstellungen zu Geschöpfen, deren gesamtes Geschlechtsleben sich im Zustand der Anästhesierung gegenüber den Freuden des Fleisches vollziehen konnte."

Müssen wir also annehmen, daß diese verinnerlichten Orgasmushemmungen wirklich nur eine Folge oder in unserem Falle ein Nachklang jener prüden, bigotten und naturfeindlichen Restriktionen der Romantik und des nachfolgenden Viktorianismus sind? Ich habe ja schon im Pornografiekapitel zu zeigen versucht, daß auch heute noch den Frauen die Lust an Sexuellem abgesprochen und Geilheit als Männersache verstanden wird. Wer sich das schon erwähnte Jahrbuch der Erotik von Claudia Gehrke, „Mein heimliches Auge", anschaut, in dem ja hauptsächlich Beiträge von Frauen veröffentlicht werden, oder wer sich die Mühe macht, die Anzeigen in sogenannten Kontaktmagazinen zu studieren, wird bald schon eines ganz anderen belehrt.

Du mußt,
Du darfst nicht!

Daß Sex und Streß sich nicht vertragen ist jedem bekannt. Trotzdem geraten wir immer wieder in Zwangssituationen, wenn wir die angeblichen Normen erfüllen wollen.

Der Sexualwissenschaftler Gunther Schmidt, redet in seinem etwas pessimistischen Buch, „Das große Der, Die, Das", (es liest sich ein wenig wie das Protokoll einer Berufssinnkrise), daß man dem normativen Druck der Gesellschaft nicht entgehen kann. Jede Befreiung von einer Norm produziert sofort eine neue, manchmal noch stressigere Norm. Noch vor 30 Jahren war es die Norm, daß ein Junge nicht onaniert. Wenn er es tat, und es taten genauso viele wie heute, dann galt er als verdorben, sexuell überdreht, ja sogar als krank und wurde von den Erziehenden dafür getadelt oder bestraft. Ein Junge, der es nicht tat, galt als Vorbild. Heute dagegen gilt es als Norm, daß Jungen onanieren. Es gilt als normal, gesund und als wichtige Vorbereitung auf die Sexualität. Tut er es nicht, gilt er als verklemmt, entwicklungsgestört und ist mitnichten ein Vorbild. Galt es, wie wir gehört haben, vor hundert Jahren noch als die Norm, daß eine Frau keinen Orgasmus hat, weil eine anständige Frau eben keine Lust am Geschlechtsverkehr empfindet und eine Frau, die onaniert nymphoman und damit krank sei, so hat die Frau heute einen Orgasmus zu haben, wenn sie nicht als gestört, krank und frigide gelten will. Mittlerweile hat sie nicht nur einen Orgasmus zu kriegen, sondern gleich mehrere, denn schließlich haben die Frauen ja die Fähigkeit dazu. Neuerdings, wo den Frauen medizinisch zugestanden wird, daß auch sie ejakulieren können, erwartet man sicher bald von ihnen, daß sie das bitte sehr auch tun, wenn sie als sexuell voll funktionsfähig angesehen werden wollen. Jede Befreiung hat somit auch ihre Schattenseite, und das hat in der Tat etwas Resignatives.

Der Mensch ist eben nur bedingt ein Individuum. Von unserer Gattung her gesehen sind wir Herdentiere, das ist unsere biologische Prägung. Ein Einzelgänger, der nur sich selber lebt, ist so gesehen abnormal. All unser Verhalten ist auf die Gruppe abgestimmt, und es gibt auch beim Menschen ein biologisch geprägtes Hierarchiegefühl und angeborene Veraltensformen und Verhaltensrituale, die diese Hierarchie aufrechterhalten. Uns ist das meistens gar nicht bewußt, da wir nach vielen Jahrhunderten der Ideologie von der strikten Trennung des Menschen von den Tieren, unser tierisches Erbe fast vollständig verdrängt haben. In den verschiedenen Kulturen ist diese Gruppenbezogenheit des Menschen dann zusätzlich durch rechtliche, ökonomische, politische und moralische Regeln sanktioniert worden. Die nur im westlichen Kulturkreis zu findende Betonung der Individualität, ist daher mehr eine künstliche Kulturkonstruktion als eine dem Menschen eigene Eigenschaft. Wir sehen daher momentan auch in der weltpolitischen Auseinandersetzung die Konflikte, die unsere Sicht des Menschen mit Kulturen hervorruft, die diese Sicht nicht ausgeprägt haben. Die individuellen Menschenrechte sind eine westliche Erfindung und ihre weltweite Durchsetzung und Anerkennung stößt bei den außerwestlichen Kulturen auf erhebliche Schwierigkeiten – leider.

Doch ich will hier nicht zu sehr abschweifen. Entscheidend für die Bedeutung von Normen in unserem Leben ist es jedenfalls, daß auch in unserer Gesellschaft, die dem Individuum einen solch hohen Stellenwert einräumt, die genetisch bedingten und kulturell verfeinerten Gruppenbindungen und Gruppenrituale nicht aufhören zu existieren. Wir erleben sie unter anderem in eben jenem Normdruck. Trotz aller gegenteiligen Behauptungen machen wir uns halt doch erheblich etwas aus der Meinung unserer Mitmenschen und wollen nicht im Abseits stehen oder als altmodisch und schlafmützig gelten.

Diese Normen zeigen sich hauptsächlich in dem, was ich zu Anfang des Buches als Bilder bezeichnet habe. Darin ist auch das gesamte Rollenverhalten enthalten. Das Bild von der Frau im allgemeinen, das Bild von der Frau in der Familie, das Bild von der Frau im Beruf und nicht zuletzt auch das Bild von der Frau im Bett.

Bilder haben nun, wie ich schon mehrfach betont habe etwas statisches, schablonenhaftes und transportieren mit Vorliebe Vorurteile. Auch vieles, was wir als Normen empfinden, sind eher nur Vorurteile über Normen. Unser Empfinden von normal oder unnormal ist äußerst subjektiv. Für die eine Frau erscheint es als völlig normal, wenn sie nur einmal im Vierteljahr mit ihrem Mann schläft, eine andere findet es dagegen normal, wenn sie das zweimal in der Woche tut.

Bei einer Untersuchung des Psychologenehepaares Langer kam heraus, daß eine der Befragten es als normal und gang und gäbe empfand, daß sie jeden zweiten Tag vögelt und in den Ferien mehrmals täglich. Sie hatte zum Glück für sie, überhaupt keine Vorstellung davon, daß sie damit eher zu einer kleinen Minderheit gehörte.

Sosehr wir das Gerüst der Normen auch brauchen, um uns in der Gesellschaft zurechtzufinden, wir sollten uns trotzdem nicht zu Sklaven der Meinung unserer Umgebung machen. Letztlich ist es unser inneres Empfinden, sind es unsere ureigensten Wünsche und Bedürfnisse, denen wir folgen müssen, um glücklich und befriedigt zu sein.

Manchmal gehört dazu auch, daß wir gegen die sogenannten Normen verstoßen. Nicht nur weil das einen besonderen Reiz haben kann, sondern vor allem dann, wenn wir erkennen, daß die Normen hohl falsch und bedeutungslos geworden sind. Wir müssen uns dann selbst orientieren, was dazu führt, daß wir uns Gedanken darüber machen müssen, wer wir sind und was wir wollen. Das ist nicht mißzuverstehen als Rücksichtslosigkeit oder als soziale Wurstigkeit, sondern es handelt sich in erster Linie um Treue zu sich selbst. Nur wenn man das Gefühl hat, souverän und mit sich im reinen zu sein, hat man auch die Kraft und das Vermögen, vorurteilslos und spontan auf den anderen zugehen zu können. Das ist unter anderem auch eine unabdingbare Voraussetzung für eine lustbetonte und unverspannte Sexualität.

Ende gut, alles gut!

Wollen wir hoffen. Lesen soll verstehen helfen,
Verstehen soll die Probleme lösen.
Also: Es möge nützen!

Das Interessante am Schreiben ist, daß man, wenn man beginnt, eine ziemlich klare Vorstellung von seinem Thema hat, am Ende jedoch fast nur noch Fragen. Man hat dann so viel Fachliteratur gelesen, daß einem der Schädel brummt und dazu den Eindruck, daß eigentlich niemand Genaues zu dem Thema weiß. Da der hier behandelte Stoff weniger ein objektives Problem ist, als, wie wir gesehen haben, sehr, sehr subjektiv und zudem eine Sammlung von ideologisch fundierten Vorurteilen, wird uns dieses Thema noch lange beschäftigen.

Die Merkwürdigkeit, daß Frauen ausgerechnet bei einer Sache, die eine der beiden biologischen Grundbedürfnisse, Ernährung und Fortpflanzung, darstellt, dermaßen zu kurz kommen, läßt besondere Zweifel an der Richtigkeit der menschlichen Lebensweise aufkommen. Die Frage, warum Frauen mit wenigen Ausnahmen weltweit in eine Lage der Passivität, der Unterdrückung und Mißachtung gekommen sind, ist eine Frage, die mich zeitlebens beschäftigt hat und die Auslöser für mein Archäologiestudium war. Es gibt zu diesem Thema eine Unzahl von Büchern. Auch ich habe vor, zu diesem Thema ein weiteres Buch zu schreiben, ohne daß sich diese Frage letztendlich klären läßt. Es ist aber eine der interessantesten Fragen überhaupt, denn das Zusammenleben von Frauen und Männern ist nun mal die wichtigste Frage überhaupt.

Ich habe sehr danach gesucht, wie andere Völker, mit anderer Gesellschaftsstruktur und anderem Selbstverständnis, mit ihrer Sexualität umgehen. Leider habe ich nichts gefunden. Die Berichte berühmter Ethnologen, wie Bronislaw Malinowski oder Margaret Mead über Sexualität auf Neuguinea oder Melanesien, sind idealistisch und bei Mead sogar erfunden. Wir haben also keinerlei wirkliche Zeugnisse über eine andere Art von Sexualität. Die Ethnologen scheinen sich für alles mögliche zu interessieren, doch die Sexualität gerade von Frauen scheint sie nicht sonderlich zu interessieren. Das wird hoffentlich besser, wenn mehr Frauen in diese Wissenschaftssparte eindringen. Es ist ja schon sehr erfreulich, daß die Frauen, die Archäologie studieren, sich weniger irgendwelchen Vasen oder Bauwerken zuwenden, wie ihre männlichen Kollegen, sondern gezielt nach frauenspezivischen Themen Ausschau halten und die Lebensbedingungen der Frauen in der Antike untersuchen. Gerade weil die Antike die Grundlage zu unserer Kultur gelegt hat, kann man sich von solchen Arbeiten ein wenig Aufschluß darüber erhoffen, warum die Lage der Frauen in ihr so miserabel ist und was wir tun müssen, um diese Lage nachhaltig auch in den Köpfen zu ändern.

Bei dem Studium anderere Kulturen habe ich wie gesagt nicht viel Aufschlußreiches gefunden. Lediglich Schnitzereien zum Beispiel aus Neuguinea oder Tansania zeigen das weibliche Geschlechtsteil mit deutlich bis überdeutlich ausgeprägter Klitoris, woraus wir Rückschlüsse auf eine andere und vielleicht realistischere Sicht und Wertschätzung der weiblichen Sexualität ziehen können.

Wie dem auch sei. Wir können hier festhalten, daß wirklich befriedigende Sexualität und erschöpfende Lust auf beiden Seiten nur stattfinden kann in einem gleichberechtigten Miteinander, bei gegenseitiger Achtung, gegenseitigem Vertrauen und einem wirklichen Aufeinander-Eingehen. Auch gleiches sexuelles Interesse und gleiche sexuelle Aktivität und die Möglichkeit dies zu leben gehört zu einer befriedigenden Sexualität. Es geht nicht an, daß die einen immer nur bestimmen wie's gehen soll und die anderen immer nur daliegen und in ihr Schicksal ergeben auf eine irgendwie geartete Erfüllung hoffen. Frauen müssen eine positive und bejahende Haltung zu ihrer eigenen Lust erwerben. Sie müssen ihre Lust artikulieren und einfordern. Keine Chancen mehr für sexuelle Überbügler. Lieber weniger Sex und dafür besseren, als dieses quälende, andauernde, „pflichtgemäße" Gehoppel auf Deubel komm raus. Männer müssen lernen, daß sie keine Böcke sind, die auf möglichst viele „Sprünge" aus sind, sondern Liebhaber sein sollen, im wahrsten Sinne des Wortes. Unter solchen, anderen Umständen wird sich die notwendige Zwanglosigkeit und Unverkrampftheit einstellen, die eine Voraussetzung für sexuelle Befriedigung ist. So wird es möglich sein, daß beide Partner sich treiben lassen können, im Körper statt im Kopf sein können, was immer der beste Boden für die Lust ist.

Blenden wir also alle alten Vorgaben und Bilder, alle Erwartungen – eigene und die der anderen – aus. Befolgen wir keine mechanischen Anleitungen zum „tollen Sex", zum Superorgasmus, verzichten wir auf Tricks und komplizierte Stellungsakrobatik, sondern seien wir ganz wir selbst. Lassen wir uns von niemandem etwas einreden über richtigen oder falschen Orgasmus. Vergessen wir vielleicht sogar dieses etwas überstrapazierte Ziel. Genießen wir vielmehr den Weg, verweilen wir auf ihm, und entdecken so die vielerlei kleinen und größeren Schönheiten, die in ihm angelegt sind, statt wie ein Kaninchen krampfhaft auf die Schlange Orgasmus zu starren. Der Orgasmus läßt sich nicht herbeireden, herbeizwingen oder herbeiturnen, genausowenig wie die Liebe. Ein positives Verhältnis zum eigenen Körper, zur eigenen Lust, sind oft schon genug, um sich zu entspannen und erwartungslos all den kleinen Sensationen im eigenen Leib staunend nachspüren zu können. Keiner hat das Recht, von ihnen dies oder das sexuell erwarten zu können, nicht einmal ihr Liebster. Sie sind nicht auf der Welt, um anderer Leute Vorstellungen zu erfüllen. Je mehr sie sie selbst sind, desto interessanter sind sie für die anderen. Je mehr sie für sich haben, desto mehr können sie anderen davon geben. Spielen sie kein Theater des Wohlverhaltens. Machen sie sich und anderen nichts vor.

Versuchen wir also in diesem Sinne unseren Körper von den Fremdbestimmungen zu befreien und ihn wiederzugewinnen. Versuchen wir, das Leben in uns und dem anderen zu fassen, uns einzulassen auf den Tastsinn, den Geruchs- und Geschmackssinn, den Rhythmus, die Wärme oder Kühle, die Feuchtigkeit, kurz, lieben wir mit dem Körper statt mit dem Kopf. Vielleicht leben wir dann etwas besser.